AF579051

EN UN LUGAR DEL ESPACIO

Carla Casari

EDIQUID

EN UN LUGAR DEL ESPACIO
© Carla Casari

Editado por: Corporación Ígneo, S.A.C.
para su sello editorial Ediquid
José Olaya 169, Ofic. 504, Miraflores. Lima, Perú
Primera edición, octubre, 2024

ISBN: 978-612-5160-69-0
Tiraje: 50 ejemplares

Hecho el Depósito Legal en la Biblioteca Nacional del Perú N° 2024-09644
Se terminó de imprimir en octubre de 2024 en:
ALEPH IMPRESIONES SRL
Jr. Risso Nro. 580 Lince, Lima

www.grupoigneo.com
Correo electrónico: contacto@grupoigneo.com | Teléfono: +51 955 071 270
Facebook: Grupo Ígneo | X: @editorialigneo | Instagram: @grupoigneo

Reservados todos los derechos. El contenido de esta obra está protegido por leyes de ámbito nacional e internacional, que establecen penas de prisión o multas, además de las correspondientes indemnizaciones por daños y perjuicios, para quienes reprodujeren, plagiaren, distribuyeren o comunicaren públicamente, en todo o en parte, una obra literaria, artística o científica, o su transformación, interpretación o ejecución artística fijada en cualquier tipo de soporte o comunicada a través de cualquier medio, sin la preceptiva autorización.

Colección: Nuevas Voces

Contenido

1
UN PLANETA LLAMADO PENSAMIENTO

I

Suena el despertador, abro los ojos para mirar la hora pero ¡no veo nada!, aunque sé que deben ser las nueve, pues así lo programé anoche. Hay una gran oscuridad en la habitación, ¡qué extraño! Estamos por empezar el verano y amanece más temprano, ni aún en invierno sería a esta hora tan oscuro. Me digo a mí misma, ¿será de noche? Pero ¿cómo? Si anoche apagué la luz a las 23:30, ¿cómo podría haber sonado antes de esa hora?

Me levanto a tientas sin tropezar, pues ya conozco mi dormitorio. Estoy instalada aquí desde que llegué a la ciudad hace ya cuatro años, por lo tanto sé cómo llegar hasta la ventana. Levanto una de las láminas de la persiana de madera para mirar hacia afuera. Es inútil, no se ve nada. Recuerdo aquella linterna en el interior de mi armario, la dejé guardada en un baúl hace veinte años. Antes de irme, con las nuevas pilas, ha vuelto a funcionar. Con ella encendida abro la puerta que sale a la pequeña terraza al lado del dormitorio. La oscuridad es total, no hay un solo punto de referencia pues tampoco hay estrellas. Comienzo a perder el sentido de orientación.

Tengo una cita hoy a las 12:00 con Daniel Castaño, me tiene que entregar los boletos que gané en aquel sorteo. ¿Cómo pudimos citarnos hoy, que es viernes 21 de diciembre? Las profecías dicen que hoy es el gran cambio del mundo, es la alineación planetaria con el centro de la galaxia. Sucede cada 26 000 años y habrá treinta horas de oscuridad total, que apenas ha empezado.

Llamaré por teléfono a avisarle a Daniel que no nos veremos, ¡valga la palabra! Literalmente es así, aunque pudiese llegar hasta San Ignacio no le podría ver, ¡está tan pero tan oscuro!

El teléfono no funciona, no puedo avisarle que no iré a nuestra cita. Lo comprenderá, pues todos estamos en lo mismo, y deduzco que mañana por la tarde podré salir a verle. Mientras, me conformaré con pasarla lo más serena posible. Tengo doce latas de atún en casa, será lo único que pueda comer con unas galletas. El agua del grifo tiene un color marrón como el fango, ¿acaso es así el fin del mundo? Abriré la primera lata de atún y después me volveré a mi cama a esperar los acontecimientos, orar y esperar la luz, buscando voluntariamente un estado de paz interior para elevar mi energía vital.

SÁBADO 22 DE DICIEMBRE

¡Y se hizo la Luz! Pasaron las treinta horas, que son un día y medio, si es que de ahora en adelante los días durarán veinticuatro horas como de costumbre, ¿no decían que todo cambiaría? Nuestro sistema solar en su giro cíclico ha salido de la noche para entrar en el amanecer de la galaxia.

Todo al parecer ha vuelto a la normalidad. El taxi viene a recogerme y enrumba con rapidez hacia el barrio de San Ignacio recorriendo la doble avenida principal sin detenerse. La calle Rincón tiene la acera ancha; en una parte casi al comienzo, la fachada se proyecta hacia afuera mediante una estructura acristalada en forma de caja, con recuadros de madera corriente lacada de oscuro que soportan los cristales. En lo alto, vislumbro un letrero donde está escrito «Délice», es posible que el dueño sea un francés y que se coma muy bien. Dentro hay mesas de madera corriente también y las sillas son de línea funcional sin pretensiones. En una de ellas distingo la figura de Daniel Castaño sentado con la cabeza inclinada, lee el periódico mientras fuma un cigarrillo.

No bien desciendo del taxi para entrar a la cafetería e ir a su encuentro, el piso bajo mis pies comienza a moverse. Apenas logro correr a tiempo hacia el centro de la pista, que por suerte es muy ancha, cuando un inesperado y terrible movimiento sísmico tira abajo casi todos los edificios a ambos lados de la calle y enseguida la cantidad de tierra es espantosa. No entiendo aún si he sobrevivido, ¡pero sí!, he quedado incólume, me toco la cara y mi mano se llena de tierra, al igual que mi pelo queda sumergido por el polvo hasta parecer que ha encanecido de pronto y en un instante.

La calle se ha convertido en un acto surrealista y al otro extremo dentro del Délice, vislumbro a Daniel Castaño que me mira haciéndome señales para que me acerque. Entro a la cafetería, está solo entre los escombros, lleno de tierra, y al igual que yo, está incólume. Me da la mano y salimos corriendo rumbo a su auto blanco que también ha quedado intacto.

Aterrados, enrumbamos hacia el aeropuerto con la esperanza de tomar un avión, el primero que salga y que nos pueda llevar a París. Olvidado quedó el boleto que gané en un sorteo y que él me iba a entregar, quién sabe, lo tiene aún en el bolsillo de su pantalón de tela de corduroy que recuerdo era de color verde musgo, pues lo llevaba puesto la otra vez que nos encontramos en aquel mismo lugar, pero ahora la tierra que lo recubre lo ha convertido en un color indefinido.

El boleto era de un viaje al espacio para millonarios que quieren sentirse en ausencia de gravedad y pagar caro por ello, aunque para algunos menos favorecidos económicamente sortearon unos pocos boletos y yo estuve entre los afortunados. Pero la verdad, de ser posible, lo abonaría en parte de pago para algún viaje que organicen ellos mismos al planeta Marte, siempre y cuando las bacterias que los científicos creen hay allá no se comuniquen entre sí como se sabe, para decidir hacernos la vida un infierno allá tal cual la estamos teniendo acá.

Daniel conduce su auto a la mayor velocidad que la cantidad de escombros le permite, sin voltearnos atrás para mirar el desastre y lo que en él se oculta. Me coge la mano para comprobar que no está solo en la esperpéntica ciudad, cuyas calles irreconocibles nos desorientan.

La suerte sigue a nuestro favor, hasta convertirse en un destino común. Así embarcamos juntos después de varias horas en el único avión que se dispone a partir hacia París desde la única y desolada pista que no ha quedado rota. Ocupamos los asientos que nos corresponden, yo elijo la ventana, él queda sentado a mi izquierda. Hay pocos pasajeros a bordo que vienen de un país vecino, aquí es solo una escala y los de la ciudad, por estar casi todos muertos o desaparecidos, no han podido llegar a tiempo. Empezamos a tomar cuota dentro del gran pájaro de acero y una vez estabilizado, desabrochamos el cinturón que nos mantiene sujetos al asiento. A medida que comienzo a escobillarme el cabello, porque tengo miedo de hacerlo en el baño, la tierra empieza a caer sobre mis hombros. Daniel me mira fastidiado, pero comprende la situación y sonríe, porque también sabe que estoy a punto de decirle que lo empiezo a querer; ha leído mi pensamiento. Al frente de los asientos, hay una pantalla donde se proyecta el vuelo, todos podemos ver el recorrido. En algunas horas dejaremos América del Sur en dirección a las Antillas. Daniel aprovecha mi somnolencia para empezar a sacudirse el polvo también; pase lo que pase, nos educaron a saber estar siempre presentables.

La galaxia nos ha sincronizado y, como a otros seres vivos, nos ha permitido acceder voluntariamente por nuestro estado de paz interior a una transformación interna que nos va a producir de ahora en adelante nuevas realidades.

Luego de un pequeño refrigerio, nos acomodamos la manta de acrílico azul con borde rojo sobre las piernas, echamos el asiento hacia atrás e intentamos dormir. Faltan dos días para Navidad, que este año vaticinan se presenta con enormes cambios y un gran aprendizaje en el camino personal a la perfección. «Después de los últimos diez años de oscuridad de nuestra civilización, deberemos enfrentarnos con nuestra propia conducta y nuestra falta de armonía con la naturaleza, que es causa del cambio climático, geológico y social que se avecina con una magnitud sin precedentes. El universo está generando muchos procesos, para que la humanidad cambie su mente, se expanda por la galaxia y se integre con lo que allí existe». Es un artículo interesante en un periódico que me dio la azafata, pero Daniel ya se ha quedado dormido; han sido emociones demasiado fuertes para nuestra ordinaria forma de vida. Guardo en mi bolso la página del periódico con el artículo para cuando él pueda leerlo, y casi de inmediato me quedo dormida yo también.

No sabemos decir cuánto tiempo ha transcurrido, pero comprendemos que algo grave sucede a bordo. Los gritos de un grupo de terroristas nos colocan en pocos instantes en una paralizante situación de miedo. Alcanzo a ver a uno de ellos en cada esquina del interior del avión en actitud amenazadora, que denota su deseo abrumador de destruirnos. Daniel y yo nos miramos a los ojos, ¿y ahora qué? Nos preguntamos en silencio, ¿hasta cuándo esta guerra larga? Sí... es muy larga.

Uno de ellos se me acerca y sin saber cómo ni por qué, me arranca de mi butaca y me arrastra con violencia por el corredor entre los demás asientos hasta colocar mi espalda contra la pared, mientras me encañona con su pistola que ha colocado en mi sien. Así quedo de cara a los pasajeros cuyos rostros denotan el terror con el que me miran, pensando que seré el primer rehén en ser sacrificado si nuestros secuestradores no consiguen el fin que se han propuesto.

El miedo me paraliza y no sé cuántos minutos han transcurrido en la situación en que me encuentro. Se me hace difícil entenderlo, siento que comienzo a relajarme, respiro hondo y cierro los ojos. El arma que sigue apuntándome ha dejado de causarme el terror inicial, no por valentía, sino porque nada puedo hacer, por lo tanto, ya nada me importa. Pero sí me llama la atención la belleza de los ojos verdes enmarcados por dos espesas y gruesas cejas muy negras que asoman por los dos orificios del pasamontañas que lleva puesto mi secuestrador. Me hacen recordar a los ojos de Safa, un amigo árabe de algunos años atrás y del que no he vuelto a tener noticias, aquella noche en una cena en su casa en que encendió la radio para escuchar las últimas noticias de la nueva guerra con Israel, el llanto por su sentimiento hacia los palestinos. Pero él es de Damasco, es un príncipe sirio, su padre posee caballos blancos que exhibe con orgullo; es el distintivo de la estirpe a la que pertenecen, al igual que una exquisita educación en Inglaterra donde se ha graduado en arquitectura. Safa representa a una transnacional europea que realiza grandes construcciones y vías de comunicación en Medio Oriente.

—Lo siento, lo siento mucho... —le digo a mi agresor, volteando ligeramente mi cara—, un amigo árabe me explicó parte de lo que allá sucede.

—¡Cállate de una vez, si no quieres dejar tus malditos sesos pegados al techo! —grita para atemorizarme de nuevo y poder así mantenerme aún bajo su control.

No es posible decir algo más. Mis sesos, no sería yo sino los alucinados pasajeros quienes los verían expelidos hacia lo alto en mi holocausto final. Es sin duda alguna este hombre en la vida diaria un amoroso padre de familia, puedo leerlo en su mente.

El cansancio de cuanto ha acontecido en las horas transcurridas a partir de nuestro encuentro en la calle Rincón del barrio de San Ignacio, tiene a Daniel sumido en un profundo sueño del que parece poco le importa despertar y menos aún saber en qué va a terminar esta azarosa aventura, que en nada se parece a todo lo que ha mencionado sobre aquella sugestiva vida en París de la que desea hacerme participar.

La voz del piloto se deja escuchar por el altoparlante para comunicarnos el forzado cambio de ruta y consecuente destino final de nuestro viaje; el avión aterrizará en media hora más en una isla de las Antillas. Allí nos quedaremos canjeados con un grupo de terroristas que los compañeros de nuestros secuestradores han obligado a liberar para proseguir todos ellos juntos, conseguido el objetivo, rumbo a un país del Medio Oriente.

Por la pequeña ventana oval puedo por fin volver a pegar mi cara y mirar el color esmeralda del mar como si de una recompensa se tratara por las horas de sobresalto. A medida que descendemos, el agua se vuelve cada vez más transparente. Detenido ya el avión en la pista, doy una primera y rápida ojeada a esa naturaleza exuberante y salvaje. A lo lejos, unas pocas vacas de origen suizo o gallego que pastean en el Caribe son lo último que mi curiosidad alcanza a ver antes de acercarme a la puerta de salida del avión donde se ha colocado ese pequeño grupo de terroristas para asegurarse de que nadie se quede a bordo. Al pasarles delante, reconozco a mi secuestrador; como despedida le extiendo mi mano mientras le agradezco el perdonarme la vida.

«Yo no perdono nada y nunca lo haré, hipócritas», contesta, orgulloso. Luego de dejarme con la mano extendida, me empuja con ímpetu hacia el túnel y, aturdida aún, lo empiezo a recorrer en dirección a Daniel, que me aguarda más adelante.

II

No se trataba de turistas que desde Navidad hasta Pascua van a la Riviera para olvidar el tiempo desapacible que reina en esa época en Europa. Un viaje de riesgo y aventura, sin intermediarios y sobre todo improvisado, nos parecía fuese una mejor definición. Dos policías locales se acercaron para separarnos del grupo y conducirnos solo a Daniel y a mí hacia un lujoso salón de espera para personalidades de paso o bien en espera de salir del país. Sentado en un sofá que completaba un grupo de asientos tapizados en cuero marrón, estaba el prefecto de la ciudad capital de la isla en compañía de otros miembros del gobierno. No bien entramos a la gran sala, se puso de pie para darnos una merecida acogida; sabía de nosotros, habían decidido convertirnos en héroes para siempre por aquel terremoto en el que había desaparecido la ciudad. Héroes, ¿por qué?, preguntaba con insistencia, ¿existe el heroísmo? ¿O es solo una casualidad, un conjunto de circunstancias que nos obligan a veces a actuar con una fuerza inusitada de la que no creeríamos ser capaces? ¡Solo hemos quedado ilesos! trataba de explicar, somos en todo caso sobrevivientes por casualidad.

Hoy recuerdo aquello, pues han transcurrido ya los primeros seis meses desde aquel día de nuestro desembarque en la isla en la que nos hemos quedado los dos en calidad de huéspedes ilustres, alojados en el mejor hotel, que al igual que la ciudad, tiene un encanto colonial con aire de Indias Occidentales.

Cerca de una de las más bonitas lagunas, las suites de paredes y persianas blancas se asoman al borde del mar. La playa de arena muy clara, a ratos dorada, y las palmeras, cuyo verde contrasta con la claridad del entorno, conforman un pleno Caribe donde anochece temprano y donde se habla francés. A partir de entonces, nos hemos acostumbrado a hablar y frecuentar solo a desconocidos, de los que nada sabemos, por lo cual no arrastramos antiguos rencores creados y menos heredados, porque nunca hemos conocido a nadie en este lugar ni tenemos parientes o amigos comunes con ellos en ninguna parte del mundo. Tampoco podemos pedir información sobre nuestros posibles nuevos amigos, pues sería pedirla a quien a su vez no nos conoce. Tenemos que fiarnos de nosotros mismos, de nuestra recién adquirida capacidad en ocasiones de leer el pensamiento, en un mundo donde mucho ha cambiado a raíz de aquellas largas horas de total oscuridad.

Daniel y yo nos hemos convertido el uno en el espejo del otro, cada uno se siente parte del otro. El gran desastre natural nos ha evacuado de la ciudad como a Lot en la antigüedad sin voltear a mirar atrás. Pasado un lapso de tiempo, nuestra frecuencia vital ha sido llevada del miedo hacia una armonía que ninguna violencia podría opacar.

De la ciudad de donde salimos, no hemos tenido mayores noticias, no todo ha de estar destruido, queda aún atrapado en nuestro oído como en una caracola de mar, el sonido de las calles y su gente, las fiestas y los ritos de la sociedad, el caos del tráfico, las huelgas, el olor a humedad, los árboles que aguardan inútilmente que una verdadera lluvia lave sus polvorientas hojas, el desierto alrededor que conforma un paisaje lunar, con cerros que anidan la pobreza en grandes conglomerados, un cinturón de viviendas improvisadas, de techos de esteras y calamina que atenaza la ciudad y sus guetos de grandes residencias y edificios de lujo. A lo lejos, las altas olas del océano Pacífico rompen con fuerza estremecedora, su espuma se detiene en la orilla para delinear el límite entre el mar y la tierra a lo largo de la costa por algunos miles de kilómetros, de norte a sur, casi en el centro se encuentra la ciudad, la capital.

III

El prefecto ha hecho amistad con Daniel, lo considera entre las personas con las que prefiere pasar buena parte del tiempo libre que su actividad de gobernar la isla le permite. Es de talla mediana y enjuto, de origen francés, elegido democráticamente al igual que el Consejo General. A bordo de su embarcación, que es casi un transatlántico, suele invitarnos con cierta frecuencia. Es un gran barco construido en una ciudad de Florida, adobado con una profusión de muebles, tapices, alfombras, adornos ostentosos y bañados en oro, de ese más que dudoso gusto que muchas veces acompaña a quienes, como él, tienen una recién adquirida riqueza y desean mostrarla como el trofeo de su éxito en la vida.

A medida que navegamos en dirección a las demás islas que conforman el archipiélago, la belleza natural es tal que nos coloca en el lugar más cercano a aquel Edén del que hablan los textos sagrados. La variedad de aves y los colores de sus plumajes nunca vistos nos resultan como algo aún desconocido por el hombre. Solo importa la naturaleza que se nos muestra en todo su esplendor; la selva es de un verde tan brillante que no se puede imaginar, como si el mundo desde el día siguiente a la oscuridad se viera de otra manera o empezara a revelar algunos secretos que nos asomen ya a descubrir mundos que en un tiempo más podríamos encontrar fuera de nuestro planeta, si es que pueda existir algo de similar belleza en ese espacio que pretendemos convertir en nuestro nuevo campo de negocios.

Désirée, su esposa, lo acompaña siempre y a todas partes, como si temiera perderlo de vista o tener que compartirlo con otra mujer. Regresamos los cuatro al barco de nuevo, absortos aún por la belleza de aquella selva, siento aún en mi nariz al viento, el perfume de las flores. Ella se quita la túnica larga y amplia de tela de Madrás de la India que oculta un cuerpo obeso ceñido por una enorme y encorsetada faja que exhibe con orgullo, de la que sus carnes rollizas a punto de explotar intentan escapar por donde pueden. Es así como Désirée expresa alegremente el sentirse a gusto y en confianza con sus amigos, mientras permanecemos inmóviles para sentir en la piel la intensidad del sol que aún calienta con fuerza el corto y húmedo día del trópico y lo llena de luz.

El sentido de autoridad que le confiere su descendencia de los antiguos esclavistas propietarios de gran parte de la riqueza de la isla parece quedar relegado por las horas transcurridas en nuestra compañía. Aquello de contenerlo todo en un puño que huele a almizcle y restos de corrupción, manejar el palacio en cada detalle, les obliga a un esfuerzo agotador. Con el último buñuelo de bacalao y el dulce de coco y leche, el barco ancla en la dársena. A lo lejos ya se abren los casinos y discotecas a otra noche de calipso y sensualidad.

No podemos saber cuánto durará nuestra estadía en la isla y menos aún en la Tierra, pero todo tiene su tiempo programado, no somos como los ratones cuya vida muy corta les lleva a reproducirse tan rápido y a vivirla frenéticamente. Las ballenas, en cambio, pueden vivir doscientos años, necesitan décadas para alcanzar la reproducción y encontrar pareja. Todos estamos bajo el control de un gran reloj y de un reloj interno, sino ¿cómo los cangrejos marcharían a toda carrera hacia la orilla a recoger su comida antes de que suba la marea y vengan peces hambrientos a devorarlos? ¿Tienen un reloj interno ligado a la luna, autoprogramable según las mareas y calcular así con gran precisión? ¿Hay algo que pueda engañar al tiempo y vivir para siempre?

El auto nos recoge en el puerto para conducirnos de regreso. En su recorrido atravesamos la plaza principal con sus palmeras; hay olor a especias y bellos edificios de madera con balcones y celosías, en perenne contraste con la profusión de flores de intenso escarlata entre las que asoma más allá, la casa que hemos encontrado para vivir apenas la terminemos de restaurar. A diferencia de nuestra ciudad que ha quedado reducida a un polvo sin estructura, de esa nada ha surgido esta realidad que empezamos a percibir, de esa nada comenzamos a tener un espacio y con el tiempo empiezan a llegar las cosas que conforman una nueva vida para Daniel y para mí.

IV

Llevamos diversos meses en la nueva casa, de madera, esencial, de techos altos de caña y anchos tablones en el suelo, habitaciones grandes y blancas, cuyo espacio se prolonga hacia una terraza cubierta que ataja la pequeña jungla que es el jardín, cuajado de tulipanes de Gabón, orquídeas maravillosas, buganvilias, fucsias salvajes y algunos árboles de plátanos. Nos separan de esa línea estrecha y celeste del mar a lo lejos. Daniel llega en su bicicleta, la detiene ante la terraza donde me encuentro tumbada en el sillón de madera pintada, lleva un sombrero de paja de ala ancha, sus pantalones remangados hasta por debajo de la rodilla, los sujeta graciosamente con una pinza de esas que se usan para poner a secar la ropa recién lavada, los pies desnudos, enfundados en las sandalias de goma azul turquesa. El amor está allí, lo hemos visto acercarse hasta llegar a nosotros y envolvernos completamente en una sensación tan dulce a la que nos hemos dejado ir sin poner los límites de la razón, solo sintiendo. Cierro el zancudero de la cama blanca que nos envuelve bajo el baldaquín, al quedar muy juntos puedo contemplarle el rostro que sin las gafas descubre su nariz larga, respingona y algo cimbrada. Conozco ya todo su cuerpo, delgado, perfecto, amado y cerca de mí, que me encierra en el de él para siempre.

—Te amo desde que te vi por primera vez —me susurra Daniel al oído.

—Te amo desde antes de saber que de verdad existías —le respondo en voz baja mientras le acaricio los labios con la punta de mis dedos. Nos besamos de nuevo, largo, muy dulce, hasta quedar dormidos en un sueño de profundo placer y felicidad.

Horas después vemos el sol una vez más, sigue puntual en su tarea de sostener la vida. Daniel asoma a la terraza con el desayuno en la bandeja que coloca sobre la mesa donde ya estoy sentada aguardándole. Una nube de pequeños colibríes se detiene mientras agita constantemente sus alas de reflejos metalizados. Han llegado de improviso a nuestro jardín para desayunar néctar de las flores que sacan con sus largos picos, parecen la nariz de Pinocho.

El padrino fue el prefecto y en nuestra boda no hubo nada más que una extrema simplicidad. Ahora, por lo tanto, somos Daniel y Daniela, que es mi nombre de pila, y Castaño, como corresponde a la nueva situación.

En francés, nuestros nombres tienen casi idéntica pronunciación, por lo tanto, nunca sabemos a quién llaman, si es a él o a mí. Solo se distingue cuando ponen por delante el *Monsieur* o el *Madame.* Pero los isleños prefieren llamarnos en su dialecto creole, *Lord et Lady, les Survivants.* Pretenden con esto expresar que les gusta nuestro aspecto y circunstancia.

La vida en la isla transcurre en una apacible armonía con la naturaleza, que es su principal protagonista, a pesar de los grandes terremotos de la última década que han destruido ciudades enteras en diferentes partes del mundo, obligando a muchos a morir y a otros a vivir sin techo que los cobije. Mi casa junto al lago en la ciudad ha quedado indemne, como yo, como Daniel, como su auto blanco, el que dejamos abandonado en el aeropuerto de la ciudad. De algunos pocos hemos sabido el final que tuvieron, de la mayoría nada más.

V

La razón de la amistad del prefecto con Daniel la conocemos porque hemos leído su pensamiento. Él, que lo controla todo, vino a saber que mi marido es físico de profesión y astrónomo de afición, afición que concuerda con la suya y de la que quiere aprender de la mano de un científico como es Daniel.

Anoche fue la gran fiesta para inaugurar el enorme planetario que el prefecto ha hecho construir en las inmediaciones del palacio, con donaciones particulares y del mismo gobierno, para promover el conocimiento del espacio a la gente común, atemorizada como en el resto del mundo por las noticias que circulan sobre la gran cantidad de energía que liberó el centro de la galaxia durante las horas de la oscuridad total aquel día de diciembre del año 2012, energía que podría llegar a la Tierra y eliminar la vida. «Si sobrevivimos», dicen, «podremos ir más allá del tiempo». «Nada de esto se ha probado aún» es la frase central del discurso de inauguración que ha estado a cargo de Daniel, quien perdió su telescopio durante el terremoto de nuestra ciudad y que hoy recupera entusiasmado como director del observatorio astronómico, que todos llamamos El Planetario.

—Profesor Castaño, ¿qué es la Estación Espacial Internacional? —pregunta un periodista venido de fuera, como varios otros, iniciando así una breve entrevista.

—Una nueva frontera. Podemos negociar allí acuerdos internacionales. La Estación tiene suministros de agua y oxígeno a través de computadoras —responde Daniel, en espera de la siguiente pregunta.

—¿Qué puede decirnos del turismo espacial?

—Muy pronto dejará de ser algo exclusivo de los cosmonautas y de los millonarios el poder ver la Tierra desde 100 km de distancia y acercarse a las estrellas. Los viajes son inminentes, como le repito, y se harán en aviones-cohete.

—¿Y Marte? ¿También es inminente?

—Hay que esperar un poco más —sonríe—, pero no mucho para enviar la primera misión tripulada a Marte, que es de enorme costo y complejidad. Pero en breve se comenzará a preparar a los elegidos, que no solo serán cosmonautas, irán científicos y gente común también.

—¿Y Venus?

—Cinco meses de viaje para llegar. En Titán, que es una luna de Saturno, hay grandes extensiones de arena como en el desierto del Sáhara o Namibia.

A la salida, reparten el programa con las próximas conferencias en el planetario que estarán a cargo de Daniel. Allí veo los diferentes temas que tratará.

Ha finalizado el evento.

Camino de regreso a casa, al cruzar la plaza principal se acercan a nosotros algunas personas que quieren compartir un rato más con Daniel y su saber. Vibrar más alto es lo que se busca hoy en día, al hablar ya de excelencia, desarrollo espiritual, comunicación de los conocimientos individuales en esta nueva era que inicia con una época de aprendizaje. Se trata de integrar a todos para poder explorar la galaxia. Tras la etapa de la tecnología, empieza la de los descubrimientos científicos.

He iniciado como autodidacta a tomar fotos artísticas de la jungla y jardines que ya comienzan a dar la vuelta al mundo colgadas en internet, junto a las actividades del planetario. La isla, más allá de un paraíso turístico, se ha convertido en un lugar donde físicos y astrónomos de diferentes lugares del mundo convergen con el fin de divulgar conocimientos de la ciencia.

—Einstein dijo que la materia que conocemos conforma solo el cuatro por ciento del universo. Es todo lo que podemos ver. El noventa y seis restante es también materia y energía que no conocemos y la llamamos por eso materia oscura, hoy creemos que tenía razón —escucho a Daniel comentarle a un colega mientras se despide, al tiempo que me vislumbra esperándole de pie a la salida y se dirige hacia mí.

El éxito de los descubrimientos y los buenos resultados de la investigación se deben no solo a la casualidad, sino al grado de inspiración de los científicos, esto los hace ser creativos. Aunque la ciencia limite por lo general la total libertad de una imaginación fantástica, podemos crear siempre nuevas realidades desde el arte y la ciencia, podemos trazar nuevos caminos a la investigación, pero un camino a la casualidad no parece posible.

—¿Solo los buenos pensamientos son capaces de crear todas las cosas, o al menos de reflejarlas? —le pregunto a Daniel mientras se acomoda en el pequeño todoterreno descapotable con el que casi a diario lo voy a recoger en la tarde, a la salida del planetario.

—No lo sé —me responde—, sí sé que toda creación es un acto del pensamiento.

—¿Aún la del universo? —continúo.

—Algunos entre nosotros los físicos empezamos a considerar el universo con el aspecto de un gran pensamiento.

Comienza el atardecer, detengo el vehículo a la orilla del mar, para ver el mismo, pero siempre sorprendente espectáculo de la puesta del sol. Nos echamos juntos mirando el cielo a la orilla del mar para sentir cada vez con el flujo del agua un agradable frescor en la espalda.

—Todo lo que tú piensas, yo también —grita Daniel de improviso.

Me intimida a veces el hecho de que puede conocer mi pensamiento, no siempre deseo que se entere cuánto lo amo.

Un fuerte e improvisado chaparrón nos empapa aún más, con lo que emprendemos a toda carrera el regreso para refugiarnos en casa.

VI

El espejo sobre el lavatorio en el baño refleja mi rostro, de forma oval no muy precisa, algo cuadrado en la parte inferior, lo enmarca un pelo ondulado, largo, castaño que mi peluquero transforma en rubio con mechones dorados elaborados uno a uno. Con paciencia y habilidad encubre los primeros cabellos blancos delante, sobre mi frente. Tengo pequeñas arrugas en el lado exterior de los ojos, algo que solemos llamar el paso del tiempo, como si el tiempo avanzara sobre nosotros mientras nos deja su huella. ¿O somos nosotros que transitamos sobre el tiempo desgastándonos? Intento explicarme, a la vez que el espacio me parece algo más simple; lo ocupamos como materia en sus diferentes dimensiones, ¿de qué está lleno?

La armonía puede y debe reemplazar al miedo, nos colocaría en un escalón por encima, desde el cual proyectar una mejor percepción de nuestro entorno próximo. Son conceptos que hoy comienzan a entenderse cuando parece alejarse el odio, la guerra, el materialismo. Son los nuevos criterios algunos años después del día de la gran oscuridad y la inminencia de los viajes a otros planetas. En el programa hacia Marte podrían incluir a Daniel. Mi recuerdo se traslada a los años en que parecía improbable y era muy costoso viajar dentro de la galaxia, la imaginación iba por delante del conocimiento, en aquel tiempo no muy lejano, yo quería ir a Marte.

La estación espacial está anclada en ese universo duro, en esa más que probable e inhóspita realidad. Allí nos encontramos. Atada a la nave como a un cordón umbilical, me aventuro a lo que llaman un paseo por el espacio. Una vez fuera, empiezo a flotar y me desplazo lentamente a la distancia que el tamaño de mi cordón permite, como aquellas correas extensibles con que se saca a pasear a los perros en una libertad vigilada. La sensación en la ausencia de gravedad es de total libertad en un espacio extremadamente hostil, carente de todo, cero absoluto, silencio total. Avanzo despacio, mientras me deslizo por la soledad infinita, hasta que al improviso precipito o vengo atraída, no logro entender la diferencia. Solo sé que he caído dentro de un espacio oscuro como si fuera un pozo de agua tan profundo y sin fin. Mi cordón se ha roto por la fuerza con la que comienzo a precipitarme, sin saber qué siento ante lo desconocido. No es como ir distraída por la pista de una calle, caer en un hueco sin tapa del alcantarillado y estamparse en el fondo que es su final, donde se encuentra todo el desagüe de la gran ciudad, a cuyos lados las ratas y algunos mendigos se disputan la basura, excrementos flotando en un río de agua que los arrastra hacia alguna salida, porque si la hay.

Aquí no llegaré a nada ni a ningún lugar, el universo es infinitamente grande, ¿dónde comienza? ¿Dónde termina? Termina para mí cuando se acabe la provisión de agua que llevo dentro del traje espacial, termina con mi deshidratación total y muerte de consecuencia. Cuántos días puede durar no lo sé, porque no puedo medir el tiempo, no tengo ninguna referencia, no hay luz, mi reloj se ha detenido en un eterno flotar para siempre. Parezco alguien que precipitó de un barco al medio del océano sin que nadie jamás se percatase.

La cama se remece por mi sobresalto y despierta también a Daniel, quien duerme a mi lado plácidamente. Al tiempo que ya sentada, un nudo en la garganta me impide gritar para liberar mi angustia. He tenido una pesadilla, se la cuento a Daniel.

El despertar ha terminado con la angustia existencial, mi miedo solo le ha provocado una gran carcajada. Me pregunta burlón si por casualidad no he sido arrastrada en mi caída por alguna pequeña roca de asteroide que, cargada de bacterias, vaga por el espacio para finalmente estrellarse en algún planeta.

—No —le respondo, mientras me abraza, apoya mi cabeza en su hombro y logra tranquilizarme. Daniel es para mí varias personas a la vez que he conocido y amado, tiene algo de cada uno de mis seres queridos. Me recuesto segura en medio de la noche.

VII

El día en que Daniel fue elegido miembro de la tripulación para el viaje al planeta Marte, fui elegida yo también por ser su consorte. El acuerdo ha sido tomado para favorecer a bordo la estadía de sus miembros en un viaje de larga duración.

Somos vida que viajará de un planeta a otro, vida que intenta expandirse.

Ahora me explico la invitación al restaurante de la plaza principal. Mientras comemos langosta, que es la especialidad y abunda en la isla, Daniel me pone al corriente de los pormenores del viaje. Por eso me ha traído acá, para decirme que pasaremos alrededor de dos años previos al viaje en un centro de adiestramiento especializado. La partida es inminente. Désirée se ofrece a cuidar de nuestra casa, el planetario busca un reemplazo, todo queda organizado hasta el regreso.

Los dos años de adiestramiento nos han dejado capacitados para el viaje y ahora ya nada más hay que hacer que salir en busca de aquella enorme bola de tierra que desde acá se ve desierta y rojiza, que nos ha inspirado desde siempre todo tipo de fantasías, con habitantes de color verde, de extravagantes parecidos y proporciones, aunque ahora sabemos algo más concreto. Yo he logrado armonizar mi miedo a lo desconocido y cada cual los suyos propios.

El tremendo impulso consigue despegarnos de nuestro planeta, empezamos a entender algo para lo cual nunca imaginamos haber nacido. Osa Mayor, la gran nave, es ahora nuestro hogar, un enorme juguete de plástica, ligero, blanco y redondeado, que flota ya desde hace unas horas en el espacio. Los rayos cósmicos de la galaxia son el peligro conjurado por los nuevos materiales. Daniel estira el brazo, con su mano engruesada por el guante coge la mía, como aquel día del terremoto en nuestra ciudad, quiere otra vez cerciorarse de que no está solo. La gente, allá muy lejos, espera con impaciencia y curiosidad cómo se desarrolla el primer viaje tripulado a Marte; la vida en la nave y conocer sus interiores es una curiosidad general que a mí y a Doris nos compete satisfacer. Ella es la esposa de Timothy Clark, un ingeniero aeroespacial norteamericano, ambos nacidos en Filadelfia, uno de los responsables de la construcción de nuestra nave y jefe de la tripulación. Doris es directora de cine, deambula en estos días con su cámara para filmar entre los grandes espacios interiores, los centros de reunión e intimidad, que separan las zonas de investigación, experimento y demás actividades. Mi servicio fotográfico y los gustos afines nos empeñan juntas en un trabajo que estamos a punto de mostrar finalmente a la Tierra.

No puedo decir que es un hermoso día soleado, ni triste o lluvioso, tampoco estoy segura si es la mañana o la tarde, menos aún decidir si voy a sacar mi perro a pasear. La diferencia confunde, me aleja de una realidad que no consigo del todo reemplazar, solo sé que Daniel está ya puntual en la zona de investigación donde trabaja. Me ha dejado una nota pegada en la pared de nuestro camarote, al que Doris acaba de entrar con tanta prisa que parece alguien a punto de perder el autobús y parte del sueldo por llegar con retraso al trabajo, algo que con seguridad no va a suceder, porque a la calle no se puede salir, ya que, por estos parajes, calles no hay, ni parada de autobús, ni nada que se le parezca.

—Lo que podemos hacer —sugiero a Doris— es ir a sentarnos en la sala de la gran pantalla, mirar parte del cosmos, seguir un poco nuestro recorrido, tomar un té y requesón de nueces, que es el desayuno de hoy.

—Me parece bien, ¿y si después nos vamos a pasar un rato en ausencia de gravedad? ¿Quieres flotar un poco?

—La sensación me encanta, pero es malo para los huesos y músculos.

—Mira —me dice—, es mucho peor una probable radiación proveniente de los rayos cósmicos, algo fulminante que nos puede atravesar la piel, dañaría nuestros genes y mataría nuestras células. Tendríamos un cáncer seguro al regreso, siempre y cuando lográsemos sobrevivir.

—Tu marido me explicó el otro día que por eso han usado el polietileno blanco para construir esta nave, es un mejor aislante, absorbe esos rayos, que provienen de explosiones de supernovas lejanas.

Osa Mayor está en fase de crucero, la vida a bordo ha tomado el ritmo de lo cotidiano. Una cosmonauta rusa conforma el trío de mujeres de un total de doce tripulantes, incluido el médico. A Tatiana, que así se llama, la vemos poco, pues trabaja en la zona de las máquinas que es de acceso muy restringido. Nos acercamos a la Estación Espacial Internacional, donde haremos escala, ya se la ve a lo lejos a través de la pantalla, mañana estaremos allí. Esta noche celebramos con Timothy, nuestro comandante Tim, como solemos llamarle, el éxito de nuestra primera etapa. Acompaño a Doris a la peluquería, mientras conversamos, una pequeña aspiradora absorbe su pelo mientras lo corta.

VIII

La nave se inserta en el receptáculo de la Estación Espacial Internacional como un barco atraca en el puerto. Nos disponemos a bajar a través de un estrecho corredor que transitamos a pie, hasta llegar a un espacio oval desde el que se aprecian una serie de pequeños habitáculos. Allí nos espera un grupo de cosmonautas que no pueden ocultar su emoción. Uno de ellos es ingeniero espacial y reconoce a Timothy, su antiguo compañero. Desde hace seis meses, este grupo de rusos y norteamericanos convive en estrecho contacto, llevando una vida en común, aunque con sus pertenencias separadas.

Más tarde aparece un niño rubio, de ojos azules, al que le calculo unos siete años. Se acerca a saludarnos, y nos explican que es huérfano. Sus padres murieron hace poco, víctimas de una bacteria desconocida que se infiltró en el agua, escapando al control y sin poder explicarse, al igual que en otras desgracias, el cómo ni el porqué. El niño se llama Igor y me dicen que es hijo de ucranianos. Su padre, Viktor Poliakov, era un científico, y su madre fue Irina. La cara del niño me llama la atención, me recuerda a alguien que no logro identificar. La base de datos me resuelve el enigma: Irina, su madre, es la misma Irina que conocí años atrás cuando pasé esa larga temporada en Barcelona. Ella había salido de su país en busca de una vida mejor y mayores ganancias, como muchos otros hicieron por aquella época de grandes cambios políticos. Irina era muy joven entonces, economista de profesión y de gran belleza. Venía a mi casa y me ayudaba con las tareas domésticas. Recuerdo que me hablaba de Viktor Poliakov, a quien nunca conocí. Su novio de toda la vida. Tuvo que dejarlo en Kiev para que él pudiera graduarse; era físico, como Daniel, mi marido. Sentía mucho afecto por Irina, y al conocer a su hijo, que es muy parecido a ella, revivieron en mí sus recuerdos. Había pasado tanto tiempo, y ahora sabía qué había sido de ella, pero con su hijo, ¿qué iba a pasar? Igor fue concebido y nació en la estación espacial, no conoce otro mundo que ese. Es el primer extraplanetario, al menos el primero del que sabemos, además de ser un sobreviviente.

Nos despedimos de nuestros nuevos amigos. Al despertar, otro día nos espera en la estación espacial antes de proseguir hacia Marte. Hemos acordado recoger a Igor a la vuelta para llevarlo a la Tierra con nosotros. El niño parece conforme con su destino. Saber que conocí a su madre y conocer a Daniel lo hace feliz. No espera nuestro regreso para embarcarse; ya lo ha hecho y se aferra a mi mano, de la que no se suelta desde hace un buen rato. Daniel trae consigo, entre otros documentos, el diario de Viktor Poliakov que deberá entregar a su gobierno.

Durante el trayecto hacia nuestro destino final, paso mucho tiempo con Igor. El niño se muestra muy interesado en las fotos que le enseño de la Tierra, el planeta de sus padres. Observa con asombro la isla y los animales de África, prestando especial atención. También le muestro algunas antiguas películas y otras en tercera dimensión, empezando a familiarizarse con lo que pronto será su hogar.

Todo lo que se siente moverse en la nave y todo lo que acontece, responde con exactitud a lo programado desde la partida. Tim Clark tiene todo bajo control y nada escapa a su voluntad. Daniel pasa muchas horas en la sala de informática, que comparte con sus compañeros. La tarea que tienen delante los ocupa y compromete como nunca antes. Doris y yo pasamos la mayor parte del tiempo juntas. Tras terminar de ver los videos y fotos que ilustraron con gran claridad cuanto acontece, poco nos queda por hacer. Solo somos compañeras de viaje de nuestros maridos, y nos inventamos pequeñas actividades día a día. Igor empieza a encontrar su espacio también al lado de nosotras. En la zona de ausencia de gravedad se realizan experimentos biomédicos, mientras que en las demás áreas tenemos gravedad artificial para mantener el estado óptimo del organismo.

Al salir de la estación espacial, nos sorprende ver a lo lejos un cúmulo de estrellas rodeado por nubes de gas y polvo. Con el rostro pegado a la ventanilla, sin perder detalle de sus formas curiosas, Daniel nos muestra la influencia de las estrellas brillantes en el centro de la nebulosa. Estas estrellas son las fuentes de radiación ultravioleta que proporcionan energía. La interacción con el oxígeno, hidrógeno, azufre y demás componentes se manifiesta en un atractivo conjunto de colores azules, rojos y verdes, entre otros, que resalta sobre el fondo negro absoluto del espacio exterior. Aquí no hay rayos de sol como en la Tierra, ni atmósfera que nos haga ver el cielo de color celeste.

IX

Hoy pasaré unas horas agradables porque estaré con Daniel, a quien solo veo en nuestro camarote por la noche, si así se puede decir, para entender yo misma ese continuo sucederse del día y de la noche, de luz y oscuridad, que se alternan puntualmente cada hora o poco menos.

La panorámica visión de una galaxia enana inicia el programa que Daniel ha dispuesto para mí. La enorme pantalla del observatorio, al que accedo por primera vez, comienza a mostrarla con sus grupos de estrellas que parecen joyas. Daniel me muestra Andrómeda, de forma espiral, nuestra vecina y similar, con su infinita cantidad de estrellas que despiden reflejos anaranjados y dorados; es parte de nuestro grupo de galaxias.

—¡Mira Marte! —me señala Daniel, estirando el brazo con el índice—. Es el cuarto planeta desde el Sol y el séptimo en cuanto a masa. Después de Venus, es el más brillante en el cielo nocturno.

Un enérgico remesón que sacude la nave interrumpe violentamente la última frase de Daniel. Una fuerte e inexplicable turbulencia nos desafía, empeñándose en tirarnos al suelo. A duras penas nos sujetamos al asiento, forcejeando para abrocharnos el cinturón de seguridad. Finalmente lo conseguimos. ¿Dónde estará el niño?

—¿Qué es esto? —irrumpe en el salón en busca de Daniel, Marco Rinaldi, el joven astrofísico italiano miembro de la tripulación, intenta mantenerse en pie mientras camina a tientas en busca de un asiento. Lleva de la mano a Igor.

Dicen que después de la tormenta viene la calma. No lo sé, tampoco sé si esto ha sido una tormenta. Le sigue una paz, un extraño silencio. La nave se estabiliza unos instantes para luego emprender una loca carrera a toda velocidad que parece no tener fin ni control alguno. Es como la garganta de un túnel oscuro, el ruido nos engulle con la fuerza de una potente aspiradora.

—Es un agujero de gusano —le oigo decir a Daniel, que habla con Rinaldi.

—Yo también lo creo, es una hipótesis que podríamos comprobar ahora, si de verdad está sucediendo, aunque nunca hemos sabido dónde se encuentran estos agujeros. El túnel debe tener con seguridad otro extremo al final... una salida —contesta Rinaldi, consciente de que el espacio es un misterio que esconde sorpresas.

—Hemos salido de la ruta —interviene el comandante Tim—. Tomamos un atajo, es la sensación que tengo; los cálculos no me cuadran de otra manera.

—De ser así —dice Rinaldi— estaríamos en un problema de dimensiones.

Yo escucho asustada. Mi temor se remonta a esa pesadilla que tuve una noche en la isla, poco antes de partir. ¿Habrá sido solo un sueño premonitorio? ¡Aaahhh! ¡Qué locura, qué disparate, cómo hemos podido caer aquí! Me pregunto tratando de mantener la calma, sobre todo ¿cómo saldremos? ¡Moriremos todos! A fin de cuentas, tampoco seremos ni los primeros ni los últimos en morir en el espacio. Moriré junto a Daniel, ¿no sería acaso la mejor de las muertes? Así nunca seré una viuda.

Entonces es cuando la nave se detiene. Esta vez, con una suavidad inusitada, comienza a descender ligera como una pluma que la suave brisa deposita en el suelo, dulcemente, sin ruido. Todo ha terminado.

Timothy Clark, decidido y seguro de sí mismo, convencido de no estar destinado al fracaso, se acerca a la ventanilla. Lo que ve no lo dice, pero se apresura a abrir la escotilla y desde allí nos avisa que podemos salir de la nave.

La única manera de describir lo que vemos una vez afuera es decir que nos sentimos como lombrices subterráneas que por primera vez salen a la superficie de la tierra y perciben la luz solar, sienten el calor del sol, ven el paisaje, escuchan el canto de los pájaros y huelen el perfume de las flores. Tal es la belleza de este lugar. ¿Cómo podremos narrarlo si volvemos a nuestro planeta? Inverosímil, extraña, desconocida. Como una avanzadilla, Daniel, Igor y yo comenzamos a caminar lentamente sobre la arena, casi tan blanca como la nieve, hasta la orilla de una enorme superficie de líquido: un mar rosado, de un rosa muy claro. Es cuarzo líquido. No podemos sentir la temperatura porque llevamos puestos los trajes espaciales blancos, con casco y balón de oxígeno. El equipo dificulta los movimientos, aunque mi espalda se siente ligera. Mientras miro el cielo, unas estrías de colores muy suaves lo conforman; hay mucha luz.

—¿Cómo sabes que es cuarzo, Daniel?

—Por los reflejos dorados de la luz, como si hubiera minas de oro aquí cerca; tiene relación —me responde.

Igor, en su inconsciencia, se ha quitado el casco. Un suave airecillo le vuela el pelo. Entonces, hay atmósfera, observa Daniel. El niño se quita el traje y nosotros también. Cerca de la orilla avanzamos descalzos. El agua es tibia, y un vago recuerdo de nuestro mar antillano allá muy lejos nos invita a sumergirnos sin miedo al peligro. Tal es la dulzura de este lugar, que nos bañamos en una extraña y feliz sensación. Al salir, advertimos que no estamos mojados; unas pequeñas gotas rosadas ruedan por nuestra piel hasta caer al suelo, dejándonos completamente secos.

Mantener los pies en el suelo mientras caminamos cuesta algo de esfuerzo, pues la gravedad aquí es menor y nos eleva ligeramente, como si levitáramos. Saltar es un placer del que Igor está gozando intensamente; parece un canguro que se eleva por los aires para aterrizar varios metros más allá. Vemos a Doris y a Marco Rinaldi que se aproximan. Han visto a distancia lo que hacemos y vienen a nuestro encuentro. Marco comienza a saltar con Daniel, y pronto lo hacemos todos, gozando intensamente de nuestros nuevos atributos por largo rato.

—El curso del tiempo ha de ser diferente también, ¿dónde crees que estamos? —pregunta Daniel, acercándose a Marco.

—En un planeta habitable del que nunca hemos sabido ni imaginado. Es el paraíso, del que espero no nos echen como a Adán y Eva por no estar a la altura de las circunstancias.

—Aquí no hay nada ni nadie —se ríe Daniel, divertido—, así que nadie nos echará.

Estamos solos, es indudable, pero se siente una presencia, varias presencias, sin poderlas distinguir. Algo nos rodea, imperceptible y constante desde hace algunos momentos. Hay una realidad física más allá de nuestra percepción.

Acomodados en las pequeñas naves salvavidas, nos disponemos a explorar las cercanías, temerosos de alejarnos demasiado. Elevarnos del suelo resulta de una extrema facilidad, la misma que desplaza las navecillas en la altura sin medir el paso del tiempo. No tarda mucho en aparecer ante nuestros ojos la luz dorada que ilumina con profusión una extensa área de campo, de un verde tan intenso y vivo que no existe en la Tierra, ni aún en nuestra selva antillana. Al fondo, algo se parece al trazo de una ciudad de siluetas transparentes. Inigualable es la belleza que comenzamos a sobrevolar. No se puede explicar. ¿Con cuál referencia? Todo lo que vemos no se asocia con nada conocido, solo volvemos a sentir esa presencia que nos empieza a ser cada vez más familiar.

El entorno de un escenario se empieza a mostrar cuando el telón comienza a subir. El actor principal ya está en la escena, sin haberlo visto llegar; simplemente está allí. ¿Por dónde ha entrado? Por fin se ha materializado la presencia que sentíamos cerca. Es un ser viviente de asombrosa belleza, como todo lo que nos rodea. A su alrededor, nos reconocemos como una comparsa muda, absorta. Solo Tatiana, nuestra compañera rusa, atina a preguntar:

—¿Cómo te llamas?

No hay respuesta, es obvio, solo nos mira. ¿Habrá entendido? No lo creo, ¿por qué habría de entender el ruso, el inglés o nuestros demás idiomas un habitante de otro planeta? No me importa, siento la necesidad de seguir mirándolo. No puedo apartar mis ojos de su cabello dorado, de un brillo absoluto que parece un espejo. Ni largo ni corto, es algo ondulado, suave como sus facciones, parecidas a las nuestras pero perfectas. Su cuerpo, aunque similar al nuestro, tiene mejores proporciones. La piel lo recubre igual que a nosotros, pero no es lo mismo. Su cuerpo despide una luz muy suave que proyecta desde dentro con pequeños puntos dorados. Su mirada es de un tenue color malva con reflejos turquesa, directa y franca; me da confianza.

—¿Qué champú usará para esa belleza de pelo? —me pregunta Doris en voz baja.

—¡Su cabello brilla porque usa Pimpil! —le respondo imitando un anuncio publicitario, burlándome de su necedad.

—No, mejor ¡porque usa Cuarzil! —se acerca Rinaldi, que ha escuchado el diálogo.

—Eres tan tonta, Doris, que contigo no me acuesto ni aunque me paguen.

—¡Yaaaaaa basta! —intervengo—, Rinaldi, si te oye Tim, te deja frito en el suelo.

—¿Cómo te llamas? —insisto ahora yo con suavidad.

—X#FFsgg23frrrekkansgsuiwn —lo que me responde su voz sin mover los labios es imposible de pronunciar.

—¿Puedo llamarte Gus?

—Rrqwewwwvv.

X

—¿Eres un ángel, Gus?

—No.

Me alegra entender su respuesta. ¡Qué poco ha tardado en aprender nuestro idioma! Las horas en los relojes que usamos parecen correr por delante de una realidad que se presenta con parsimonia, pero igual intentamos deducir el lapso de tiempo que llevamos en este planeta. Comprendernos abrirá por fin este nuevo mundo que deseamos conocer. Es tanta la curiosidad que las preguntas se atropellan en la mente.

—¿Dónde estamos, Gus? —le pregunto.

—Estáis en el hiperespacio, que es una forma de espacio que tiene cuatro o más dimensiones. Nuestro planeta está situado en la quinta dimensión, la de la invisibilidad. Es una dimensión de luz que sabemos manejar para hacernos invisibles a voluntad. Por eso sentíais una presencia, era yo; estoy en medio de vosotros desde que habéis llegado.

—La fuerza de gravedad es menor aquí, ¿verdad? —le pregunta Daniel.

—Respecto a la Tierra, sí, pero la fuerza de gravedad puede llegar a más dimensiones aún.

—Lo sabemos allá también y por eso es una de las fuerzas más débiles. Volviendo a la invisibilidad, Gus, ¿solo podemos verlos cuando queréis ser vistos?

—pregunta angustiado Marco.

—El ojo humano no puede captarnos a simple vista. Ahora me veis porque me he materializado —prosigue Gus, mientras Daniel espera su turno para seguir haciendo preguntas.

—Percibimos que el tiempo transcurre de otra manera, ¿sabes decirme cómo es con respecto a la Tierra?

—Sí, Daniel —Gus lo llama por su nombre—, nuestro día dura cuarenta y ocho horas y la noche la mitad de un día.

—¿Cómo llegamos aquí? ¿Perdimos la ruta? —pregunta Tim, nuestro comandante.

—Cualquier agujero de gusano os haría perder la ruta. Habéis entrado en uno de ellos, es la única forma que tenéis de conocer nuestro planeta, de recorrer grandes distancias en poco tiempo. Estamos en otra galaxia, mucho más pequeña, no muy lejos de la vuestra, pero distante. Hay muchos más planetas en esta galaxia, algunos habitados como este, otros que pueden ser habitables. Somos realidades más o menos independientes.

—¿Hemos pasado por el horizonte de eventos, quiero decir, de los acontecimientos, Gus? —le pregunta Daniel con cierto temor.

—¡No!, no habéis perdido la materia ni la información, de lo contrario dejaríais de existir. Ahora entiendo por qué tu mujer creía que yo era un ángel.

—¿Existen los ángeles? —le pregunto.

—Hay varias dimensiones más. Nosotros conocemos diez dimensiones y entendemos que ellos se encuentran en las últimas, que son las espirituales.

—¿Por qué no mueves los labios cuando hablas? Me tienes intrigada —le digo.

—En ningún momento he hablado, Daniela, lo que oyes es mi pensamiento.

Aquí nadie habla, solo escuchamos el pensamiento de los demás y ellos el nuestro.

—¿Cómo se llama este planeta, Gus?

—Ytredsf#hkefcccv.

—No puedo aprender tu idioma, ¡es tan difícil de pronunciar! Lo llamaré Planeta Pensamiento.

Regresamos a Osa Mayor para cenar y descansar. La conmoción por la diversidad de experiencias de las últimas horas hace inevitable reflexionar sobre lo sucedido. Gus vendrá mañana para llevarnos a conocer su Abitar.

XI

Creo que no hemos olvidado nada de cuanto decidimos llevar a la nueva expedición. Hoy conoceremos el Abitar, una palabra que se revela como una incógnita que Doris y yo vamos a fotografiar y filmar en breve. Daniel lleva consigo su grabadora para no perder una palabra, por decirlo así, de lo que nos dirá Gus, mejor dicho, de lo que le oiremos pensar.

Gus viene con Daniel y conmigo en una de las navecillas salvavidas que hemos convertido en descapotables, e Igor está sobre mis rodillas. En las otras dos navecillas se acomoda el resto de la tripulación. ¡Qué suave es la brisa! No hay estaciones, ¡siempre primavera! Nos elevamos más y veo a Doris, no muy alejada, que empieza a filmar una panorámica de la ciudad. Grupos de cúpulas que parecen enormes pompas de jabón en forma de racimos componen conjuntos habitacionales. Entre ellos, Gus nos señala su Abitar.

—Nosotros a esto le llamamos casa —le digo mientras las navecillas se posan en el suelo como pequeños helicópteros sin hélices.

La gigantesca burbuja de vidrio que encierra todo el Abitar es de diamante líquido soplado con una técnica muy similar a la que utilizamos en la Tierra para fabricar esferas de vidrio. Este gran lente que todo lo abarca contiene en su interior una sucesión de espacios diáfanos en diferentes niveles, a los que se accede mediante pequeñas rampas. En el último nivel se encuentra el observatorio astronómico de Gus.

Empieza a mostrarnos un conjunto de planetas cuya existencia desplaza nuestros conocimientos a lugares nunca antes imaginados. Son los planetas de esta galaxia que, para nosotros, aún no tiene nombre. ¿Los seres humanos estábamos acaso en el lado invisible de la realidad? ¿De cuántas realidades se compone el universo? ¿Infinitas realidades? La creencia en la existencia de una historia única ya no será posible.

Nos adentramos más en este mundo desconocido, conscientes de que nuestras percepciones y conocimientos están siendo desafiados y ampliados de maneras que jamás habríamos imaginado. La exploración del Abitar y sus secretos apenas comienza, y con cada descubrimiento, nuestra comprensión del universo se expande, revelando una complejidad y belleza que trascienden todo lo conocido. —Vuestra vida en la Tierra conoce solo tres dimensiones espaciales, capaces de albergar vida animal, algo considerado una rareza. Acá no tenemos esas formas de vida complejas, por eso en nuestra dimensión no existen animales.

Al lado de Gus, nuestra piel aparece opaca, turbia, nublada. Todo es transparencia y luz; no se puede ocultar nada, no hay mentira, se escucharía en voz alta. No habrá robos, trampas ni estafas, me pregunto. Este es un nuevo sentido, desconocido. Nuestro amigo nos guía en la dimensión que hasta ahora era únicamente una hipótesis, que se revela como un pequeño escalón más de una larga escalera, al comienzo de la cual me encuentro erguida en mi poquedad.

—Gus —le digo—, la Tierra es bellísima, ¿podría escribir una historia que empiece así? Érase una humanidad a su dimensión atada...

—A sus precarios sentidos atada... a su limitación atada —añade.

—A poca distancia conducen vuestros cinco sentidos, que no pueden captar todo lo que hay —prosigue—. El olfato os permite oler solo el suelo y poco más alrededor de vuestras narices. Con los ojos podéis ver un poco más lejos, algunas estrellas del firmamento y la superficie de lo material. Con el oído no alcanzáis a escuchar las melodías más lejanas. Os alimentáis de cosas muertas, cadáveres de vuestras cacerías.

—¿Cuál es vuestro alimento, Gus? —la curiosidad es grande.

—Comemos semillas, nada más que semillas, de las que tenemos gran variedad y sabores. La semilla es vida y medicina también.

No hace mucho leí en la Tierra un artículo sobre el poder alimenticio de las semillas y su beneficio para la salud. ¿Será por eso que el cuerpo de Gus no tiene nada de grasa y su pelo es tan brillante? No creo que sabré la respuesta.

Lo que llamamos salón es un enorme espacio vacío, donde los muebles son formas suaves, curvas anatómicas de perfecta comodidad, que se evidencian del suelo cuando Gus acciona un pulsador, algo así como un mando a distancia. Más allá, la piscina contiene el agua del mar, el cuarzo líquido rosado donde ellos se bañan a diario, como ahora que estamos todos sumergidos desde hace unos momentos dentro de algunos de sus secretos. Esta agua suaviza las emociones y estimula la actividad creativa, clarificando el pensamiento.

Una mujer joven, cuya belleza deja de sorprender porque todo acá es así, con el pelo muy largo que le llega casi a la cintura, rubio dorado y brillante como el de Gus, se acerca. En vano me pregunto quién es; lo escucho: es su compañera, vive allí. Avanza materializada hacia nosotros, mientras sostiene en sus manos una gran fuente llena de semillas y otras más que trae poco a poco. Con el cuerpo ya seco no bien salimos del agua, nos acercamos con curiosidad al menú de nuestros anfitriones. Mientras Gus se introduce un pequeño puñado de semillas en la boca, lo imito al igual que los demás. Mi poca familiaridad lo hace sonreír, y puedo ver sus dientes de cuarzo rosado, perfectos y alineados.

Horas después, nuevamente en la nave, la certeza de que nada ha quedado grabado nos invade. Nuestra tecnología no sabe fotografiar la quinta dimensión; esta grabadora es incapaz de registrar el pensamiento. En una palabra, nada puede ser constancia ni realidad, pero sí las notas escritas de Tatiana podrían demostrar que no estuvimos sumergidos en un misterio del cielo. ¡Hay vida en otros planetas!

XII

A veces, allá en la Tierra, me gusta sentarme en la hierba. Algún mosquito se posa en mi pie desnudo y me pica. Empiezo a rascarme y enseguida salta a mi pierna, mientras lo sigo con la mirada hasta asestarle el golpe mortal. Aquí no pasa eso. Tampoco puedo pisar una avispa que me clave el aguijón en el dedo gordo del pie descalzo, o que una víbora aparezca en los matorrales y me dé una punzada de su veneno mortal. No extraño a las hormigas, inteligentes y disciplinadas, que en verano marchan en largas y estrechas filas por la cocina de mi casa hacia un destino común, la alacena, sin desertar como algunos de nosotros cuando vamos a la guerra. Las sigo con los ojos mientras camino en sentido contrario hasta encontrar su nido y aniquilarlas. Pero aquí no existen ni esos ni otros animales.

Recostados en el pasto, Daniel apoya la cabeza en mis piernas, y mis dedos comienzan a jugar con su pelo mientras nos dejamos llevar por una sensación dulce, placentera. Quedarse aquí para siempre.

—Pero a Aníbal lo extraño —me dice Daniel—. Tú no piensas en él. Espero lo estén cuidando bien.

—¿Qué pescado comería? —le respondo—. Si en este mar no hay peces, ni pulmón que tanto le gusta, ni ratones para ir de cacería. Menos aún comida preparada para gatos. Aníbal aquí no podría vivir.

—Él tal vez podría ver lo invisible de la dimensión en que nos encontramos. ¿Tendría esa facultad? ¿Recuerdas que los gatos pueden ver bien en la oscuridad?

¿Podrán ver lo que nosotros no alcanzamos?

—No se puede descartar tal posibilidad —contesta un sonriente Gus, que aparece sentado entre nosotros. Lleva un buen rato aquí, invisible a mi lado en el pasto.

—¿Les gustaría ir a un Istoria? —Sin saber de qué se trata, como entusiastas turistas, todos respondemos que sí.

Nuestro transporte aéreo nos desplaza sobre la ciudad, con sus calles, avenidas y áreas verdes. Hay una cierta similitud con las nuestras en la Tierra que nos llama la atención.

El Istoria no es otra cosa que un museo. Gus va por delante para indicarnos el camino. Una serie de fotografías gigantes del planeta Marte con sus dunas de arena color rosado, cubiertas de escarcha luminosa y hielo cerca del Polo Norte, rodean este primer espacio de enorme dimensión, ante el que nos detenemos para contemplar vistas ignotas y algunas similares a las que conocemos. Su luz es amarilla-marrón, a diferencia de la Tierra, que es verde-azul.

—Nosotros venimos de allí —Gus inicia con esta sencilla frase la historia del Planeta Pensamiento—. Hace algunos miles de años, huyó de Marte una civilización muy avanzada, nuestros antepasados, en busca de un nuevo mundo donde poder habitar.

—¿Por cuál motivo? —pregunta Marco, uniéndose así al asombro general.

—El agua empezó a evaporarse y a perderse en el espacio, el suelo se oxidaba al tiempo que una extrema sequedad iniciaba a aniquilar la vida. Los sobrevivientes abandonaron sus bacterias y se largaron de allí.

—Es herrumbre entonces ese rojizo que vemos —se responde a sí mismo Daniel.

—Marte y la Tierra son planetas gemelos —prosigue Gus.

—¿También nosotros somos de allí?

—No.

—Sabes mucho de nosotros, Gus, ¿has estado en la Tierra?

—Hemos estado allá varias veces, invisibles entre vosotros, desde hace algunos años.

—Entonces conocen bien el camino, ¿o fue una casualidad como la nuestra el llegar? —pregunta Marco.

—Existe el azar, Marco. El camino es uno, de ida y de vuelta el mismo. Este agujero lo hemos construido nosotros; tiene dos extremos.

—¿Es artificial entonces? —Daniel y Marco se miran. La teoría es posible: un agujero de gusano se puede construir.

Proseguimos la visita de pie, quietos en las rampas móviles que nos transportan con suave rapidez de una sala a la otra dentro del enorme edificio de cristal que alberga el Istoria. Nos detenemos ante algunos hallazgos arqueológicos y objetos de uso de aquellos primeros habitantes procedentes de Marte. La evolución no tiene límites: la vida, como en la Tierra, aún fuera de nuestro sistema solar, puede ser similar, pero también completamente diferente.

Estamos ahora en el espacio del arte. Un rayo de luz viaja en línea recta; el artista, al que no podemos ver, lo curva. Los nudos que forma son extraños dibujos de tanta perfección estética que me hacen sentir como si nuestra existencia fuese equivocada.

—Son nudos de luz como los que hay en el espacio. Aquí sabemos manejar la luz. Estas son esculturas. Eres sensible —me dice— porque tú también eres artista; lo he notado por tu forma de percibir la realidad. Conoces el mundo de la fantasía y de la imaginación.

—¿Crees que es más importante que el conocimiento? —interrumpe Daniel.

—Sí, porque tú tienes el conocimiento, eres un científico, pero tus ecuaciones no te llevarán muy lejos, como tampoco esas máquinas que inventáis, chatarra. La ciencia tiene dimensión artística; tu creatividad y grado de inspiración son los que producen el éxito en los resultados de la investigación.

—¿Hay seres en este momento alrededor nuestro?

—Sí —dice Gus—, ellos os miran con curiosidad, pero no nos gusta materializarnos. Quizás con gafas especiales podríais verlos.

—¿Se llamará esto restaurante? —pregunta con cierta timidez Paco, nuestro médico e investigador, un español que todo lo observa y escruta en silencio, más aún desde que aterrizamos en el Planeta Pensamiento.

—No, Comedero de Semillas suena mejor —contesta Marco en voz baja, agotado como todos por la agitación. Hemos conocido mucho sobre Marte en un corto lapso de tiempo desde un planeta lejano al que nunca imaginamos llegar, lo que parece revivir una análoga a la historia de América, la del descubrimiento. Mientras empezamos a saborear diferentes tipos de semillas servidas en enormes platos, al final de nuestra visita al Istoria.

XIII

Creo que de hambre no moriríamos en caso de acabarse nuestra provisión, a las semillas uno se acostumbra. ¿Cuánto tiempo llevamos aquí? Como sucede en los mejores momentos de la vida, no nos hemos hecho esta pregunta; por la duración de los días, será la mitad del tiempo que habrá transcurrido en la Tierra.

Despego la frente del dorso de mi mano; así me quedé dormida anoche, boca abajo y profundamente, cuando dejé de escuchar a Daniel darse vuelta de un lado a otro en la litera sin poder conciliar el sueño. No es por la luz, que dura tantas horas; para ello dormimos con un antifaz que la oculta. Más bien parece que es Gus el motivo del desasosiego. Siento sus celos al despertar, al tiempo que Gus me transporta a emociones nunca antes conocidas. Hace un momento llegó de sorpresa para conocer el interior de nuestra Osa Mayor. Está reunido con Tim, Marco y Daniel, mirándolo todo. Después de leer la nota en la pared, me alisto para ir a su encuentro, justo en el momento en que le oigo proponer un corto viaje a una isla. Me mira llegar y sonreímos al volvernos a ver.

—Me gusta tu malla naranja —dice Gus.

—Es un enterizo de tela inteligente, los nuevos tejidos que nos mantienen el cuerpo a temperatura constante.

—En las mañanas brillas aún más —prosigo con la esperanza de saber el porqué.

—Es mi composición química, Daniela.

Y pocos minutos después, estamos ya en vuelo sobre el mar rosado, tranquilo, sereno, tenue, como el planeta. La isla es más grande de lo que imaginamos. Se ven manchas de color; a medida que empezamos a descender, las reconocemos. Son flores de tallos muy altos, desmesurados, con tonalidades difíciles de describir por lo distintas, pero no tanto, a lo que tenemos allá. Enarboladas a ambos lados del camino a manera de palmeras, pero no son; flanquean una avenida que las ruedas de nuestra navecilla comienzan a recorrer.

Para entrar, Gus acciona un botón que abre un amplio ingreso. Una vez dentro, lo seguimos hacia el mirador. En una panorámica visión, se nos muestran de improviso los planetas de esta galaxia. Son varios, y con la seguridad de no saber nada de ellos, los empezamos a enumerar. Planeta Pensamiento es solo un eslabón más de la cadena. Tengo la sensación de que todo converge a un mismo lugar.

—¿Al autor de todo? —Gus ha oído mi pensamiento.

—Sí —le contesto asintiendo con la cabeza.

—¿Ustedes mueren? —le pregunto.

—Tenemos el mismo patrón evolutivo que ustedes. Todo en el universo nace, crece, muere y se expande, en un juego sin fin de luces que se prenden y apagan continuamente.

—Como árboles de Navidad... con luces intermitentes... —me viene a la mente.

—¿Por qué nos enseñas tanto, Gus? —pregunta Daniel.

—Porque no habéis venido a colonizar el espacio, queréis integraros a él, como lo hacemos nosotros. Así, el conocimiento lo damos a cambio de nada y el avance es más rápido. No hay enemistad, hay amor en esto.

—El amor puede abrir muchas puertas, ¿verdad? —interrumpo.

—Sí, es más grande que el conocimiento.

Entonces ya no puedo reprimir una pregunta que siempre me he hecho.

—Gus, ¿la creación es un gran acto de amor, un inmenso regalo?

—Sí, y la belleza es su consecuencia, que el odio puede destruir.

Esto no se puede encerrar en una ecuación; es demasiado grande. Es solo creencia, solo fe. Por defensa es que ellos se tornan invisibles y para defensa así permanecen, no ser vulnerables. Ahora, ya no vamos a saber nada más. Gus ha medido los pasos con precisión, mostrándonos solo una pequeña parte de su mundo para confirmar que estamos entre los pocos planetas que no saben que hay vida inteligente con sociedades más evolucionadas en otras partes del cosmos.

Un puñado de tierra de Marte y otro más de Pensamiento es lo que Gus ha puesto hoy en nuestra mano, una constancia a la vez que recuerdo de este lugar que nadie quiere dejar.

—¿Puedo besarte, Gus? —le pido.

—No soporto tus bacterias, no lo hagas, aunque he mirado cómo lo haces con Daniel y... me gustaría...

Antes de cerrar la escotilla, contemplamos por última vez al amigo Gus, tratando de reprimir cualquier emoción, algún sentimiento o lo que sea que impida nuestro impostergable regreso a la Tierra.

La feroz turbulencia nos conduce de nuevo dentro del agujero de gusano, siguiendo la ruta que Gus dejó trazada cuando vino a conocer nuestra Osa Mayor, al mismo tiempo que en nosotros ha quedado marcada la ruta del viaje que con él hemos realizado en nuestro interior.

XV

Nuestro viaje comenzó hace casi cinco años. Nunca más seremos los mismos, pues no hemos vuelto a serlo desde que regresamos. Luego de un largo período en la base, fuimos invitados a diferentes países para dar testimonio de Marte, donde no hemos estado, pero del que Gus nos ha dotado con un buen arsenal de fotos y datos desconocidos en la Tierra.

De vuelta en nuestra isla antillana, todo parece igual, volver a lo cotidiano, mientras una sensación de carencia y vacío se apodera de nosotros. Daniel ha regresado a la dirección de El Planetario, Igor vive en casa con nosotros y empieza a ir a un colegio local. Doris y Tim han regresado a Filadelfia, Marco a Roma y cada uno a su lugar de residencia anterior. Somos una familia en permanente contacto, unidos por una única e irrepetible experiencia que no nos está permitido revelar, ¿con cuáles pruebas? Además, ¿con cuáles fotografías? Hemos pasado por innumerables evaluaciones médicas para comprobar que no estamos locos o sufrimos de algún trastorno transitorio y alucinación inherente a una prolongada estadía en el espacio.

Descubrir de qué está hecho el universo, es decir, llegar al verdadero fondo de las cosas, es el tema que tiene empeñada a la comunidad científica internacional, algo que aún no tiene una respuesta. Saber qué se oculta en el sustrato profundo de la realidad, la cual no revela sus secretos fácilmente.

Cada cierto tiempo, grupos de personas llegan desde el extranjero al Planetario para extasiarse ante las fotografías de Marte, de las que Daniel ha puesto unas copias a disposición del público.

Parece que todo aquello que vivimos permanece relegado, plegado en sí mismo, sin otro lugar que un pequeño rincón de nuestra mente. El año que viene, Igor podrá ver al fin la nieve en la lejana Kiev, la ciudad de sus padres, donde los parientes aguardan ansiosos por conocerle. Bajo el techo de mi casa, me siento oprimida, me falta esa burbuja de diamante que cubre el Abitar de Gus, ese lente de aumento que me aproxima al espacio. Las cosas que antes eran placenteras ahora se reducen a un simple dejar pasar, solo Daniel permanece. Sabemos ahora que siempre estaremos juntos.

Se está preparando el enésimo seminario de conferencias en El Planetario. Daniel hablará sobre el viaje a Marte. Y en el día señalado, los viajeros ya asoman y son tantos que parecen peregrinos buscando un mundo donde vivir, un nuevo planeta. El nuestro se ha convertido en un portal de anuncios catastróficos donde pocos sobrevivirían. Acomodarlos es una tarea para la que nadie estaría preparado en un lugar tan pequeño como este; dormir bajo las estrellas se revela una buena opción.

Ya estoy sentada en primera fila con el resto de la tripulación, a poca distancia de la mesa desde la que Daniel da inicio a su conferencia. Tim, Doris, Tatiana, Marco y Paco están presentes; juntos, de nuevo, conversamos al mismo tiempo. En la enorme pantalla detrás de la mesa donde se sienta Daniel, comienzan a proyectarse los videos y fotografías que trajimos de Marte, lo de siempre que pocos conocen.

—Doris —le digo a mi amiga en voz baja—, ¿sientes una presencia?

—Sí, ahora que lo dices, sí...

Nos miramos inquietas. Volteo los ojos hacia Daniel, más que para seguir escuchando, para tratar de leer su pensamiento.

Minutos después, Daniel aparta de sí los folios con apuntes que tiene sobre la mesa. Su silencio denota que eso no le importa nada. Empieza a hablar de Gus y de Planeta Pensamiento.

—Las leyes de la física son iguales en todas partes... —se detiene unos instantes—. ¡La verdad es que nunca estuvimos en Marte! —interrumpe el hilo del discurso que ha iniciado con un balbuceo.

El murmullo cada vez mayor se expande en la enormidad del salón. La muchedumbre que asiste comienza a irritarse, a pifiar, gritando: ¡payaso!, ¡estafa!, ¡sinvergüenzas! ¿De dónde han conseguido esos huevos que vemos volar por encima de nuestras cabezas para aterrizar sus yemas reventadas sobre el escritorio donde está sentado Daniel? Tim, nuestro comandante, acude en ayuda de mi marido. El resto de la tripulación también se pone de pie para acercarse a la mesa de conferencias, donde Daniel trata de esquivar el ataque de la masa enfurecida y engañada.

Todo empieza cuando se apagan las luces. El Planetario se queda en tinieblas y el miedo cesa finalmente la algarabía. Las primeras vistas aparecen en la pantalla: grandes e inmensas panorámicas de Planeta Pensamiento y su luz dorada. Son videos en tercera dimensión que vemos con asombrosa claridad sin gafas especiales, a simple vista. La figura de Gus en primer plano parece salir de la pantalla y sobrevolar a la gente. Sonríe mientras comemos semillas, el Abitar, el mar rosado, el techo burbuja, el Istoria, las flores en la isla y sus tonalidades; nada falta y todos aparecemos juntos.

Lento, todo lo vuelve a pasar una y otra vez, para grabarlo en el recuerdo de los asistentes, que son tantos y que de los gritos han pasado a un silencio total.

¿Pasmados? ¿Arrebatados? Quién sabe... Yo solo sé que queremos regresar al espacio, encontrar aquello de nuevo. Pero su presencia ya está cerca de mí, la siento muy fuerte, Doris también. No podemos oír su pensamiento aquí, estamos en otra dimensión. Entonces le hablo en voz baja.

—Gus, ¿eres tú? Gracias por este regalo —mientras su figura emerge en la pantalla una y otra vez. Solo así se deja ver por el gentío. Continúo—: ¿Cuándo lo filmaste todo sin que nos diésemos cuenta?

—En nuestro cine no existe esa técnica —me explica Doris—, por lo tanto, no es posible que se trate de un montaje. Muchos ya saben ahora y desde mañana todos en la Tierra conocerán al fin que hay vida en otros planetas. Y qué vida...

Algunos aplauden, se ponen de pie, otros se arrodillan, se toman de las manos y oran, invocan a Dios o lloran en silencio. La música de fondo viene de Planeta Pensamiento; el sonido es sobrecogedor y nos sorprende a nosotros que también lo escuchamos por primera vez. Son emisiones de radio, señales, no son sonidos, empieza a explicar Marco Rinaldi.

—Nosotros, desde la Tierra, también hemos captado diferentes sonidos que proceden de nuestra galaxia. Son ondas de radio captadas por las sondas que enviamos al espacio. La Tierra y Saturno tienen sonidos similares. Hay coros que suenan como canto de pájaros que se registran cerca de la Tierra y de Júpiter al amanecer... Algunos músicos se han inspirado en el sonido procedente de Saturno, a mitad del camino entre la ciencia y el arte.

Los aplausos finales siguen resonando en mis oídos mientras nos alejamos del auditorio en dirección a la playa. Es de noche; alrededor de una fogata, vislumbramos más allá a un grupo de monjes budistas, que sentados en la arena en postura de loto recitan sus mantras, un coro de voces graves, rítmicas, repetitivas, como un diapasón que hace vibrar las cuerdas de una guitarra... que les hacen escuchar el sonido interior...

XVI

—Si no fuese por Gus, nadie sabría aún que hay vida fuera de nuestro mundo —le digo a Daniel.

—Él me sugirió que hablase de ellos... que contase la verdad... el resto lo arregló él.

Nos encontramos por la mañana sentados en la cama, mientras Daniel ojea el periódico. El teléfono no para de sonar desde muy temprano; somos protagonistas de una misión épica. El diario de Viktor Poliakov, padre de Igor, será publicado en breve; allí habla de la visita que recibieron en la Estación Espacial Internacional de seres que provenían de lo que ya se llama oficialmente Planeta Pensamiento. Los diarios no hablan de otra cosa, con grandes titulares anunciando la existencia de vida en otro planeta y conjeturas que echan a andar la imaginación ante la nueva realidad.

Celebraremos la Navidad este año todos juntos, como hace un tiempo lo hicimos a bordo de Osa Mayor. Esta vez, la cena será en nuestra casa; empiezo a organizarlo todo ante la inminencia de las fiestas. Y llegado el día, estoy con Tatiana y Doris desde temprano en el mercado al aire libre. La mañana está agradable, el clima refresca en diciembre. Cantidad de langostas, frutas tropicales variadas, erizos, y cangrejos llaman la atención de mis dos amigas que vienen de lugares fríos. Una vendedora creole, con el pelo trenzado de colores, ofrece sus productos. Nos llama la atención un grupo de pequeñas cestas que contienen variedad de semillas. Decidimos comprar las de lino y de girasol, y varias más que completa la vendedora.

Con la compra en las manos, nos encaminamos hacia mi casa a prepararlo todo para la cena de Nochebuena. Un enorme pavo decapitado y recién salido del horno preside el inicio de la fiesta desde el centro de la mesa del comedor, alrededor de la cual nos sentamos la tripulación de Osa Mayor al completo. Pequeñas fuentes que he llenado con semillas están entre otras viandas preparadas a uno y otro lado de la larga mesa, un homenaje en silencio a nuestro amigo Gus.

Y después, al levantarnos, lo siento cada vez más cerca... sonrío... aún no te has ido... El árbol de Navidad, a sus pies los paquetes, que son tantos como nosotros. Nunca mejor dicho, cuando abrimos el primero que es para todos, encontramos una caja transparente que contiene quince pares de gafas, todas iguales. Reconozco el estilo de Gus y cuando me las pongo, una mirada malva, una sonrisa rosada y el pelo como rayos del sol de mediodía, brillan delante de mí, de nosotros, pues todos lo ven al igual que yo. Es Gus, junto a él algunos más le acompañan; no podemos fingir que no sabemos lo bellos que son.

—Son las gafas de las que nos hablaste allá en Pensamiento, ¿verdad? —siento en mis ojos unas lágrimas que no dejo salir; es emoción, es alegría.

—Pruébenlas —dice Daniel acercándose a Gus con una de las fuentes de semillas que trae de la mesa.

—Me gusta el diseño de estas gafas —dice Marco Rinaldi—, una banda que envuelve los ojos con una curva que rodea el tabique de la nariz.

—¿Dirá *Made in Italy*? —le pregunta Doris para fastidiar.

Los villancicos empiezan a sonar, es la música de la Navidad, le explico a Gus.

—Me gustan las luces intermitentes del árbol, ¿qué es la Navidad? —me pregunta intrigado Gus.

—Es una fiesta religiosa; celebramos el nacimiento en nuestro planeta del Hijo de Dios. Aquí nació, vivió y murió para redimirnos —prosigo.

—Nosotros no hemos necesitado eso —me contesta Gus, afligido.

Isaac Newton dijo: «Dios puede crear partículas de materia de distintos tamaños y formas, quizás de densidades y fuerzas distintas. Puede así variar las leyes de la naturaleza y hacer muchos mundos de tipos diferentes, en partes diferentes del universo. Yo por lo menos no veo nada contradictorio en esto».

—Me ha venido a la mente —le dice Daniel— que quizás podremos empezar a comprobarlo. Newton fue un matemático y físico que vivió hace pocos siglos en nuestro planeta.

—Y no hay nada contradictorio para mí tampoco en esto —le responde Gus—, un único creador.

XVII

Lady, así continúan llamándome los isleños, me dice Michelle, una vecina, parada en la puerta de entrada que acabo de abrir al escuchar el sonido del timbre.

—Lady —repite—, vengo a saludarles por Navidad y también para preguntarle dónde han comprado esa hermosa figura de luz que anoche se movía por su jardín. Parecía un ángel, seguro es traída del extranjero para las fiestas…

—Estuvo usted en el Planetario el otro día, es uno de ellos… del Planeta Pensamiento…

Michelle seguía mirándome incrédula. Pensaba que me divertía en molestarla, se reía, no podía imaginar que estuviesen acá. Después de permanecer un rato en nuestra casa, se marchó. Era temprano en la mañana del día siguiente a nuestra cena de Navidad.

Horas después, en el lugar indicado, en medio del espeso follaje de la selva, vislumbramos la nave de Gus y sus amigos. De pie en la puerta de entrada, aguardan nuestra llegada para despedirse de nosotros. Con el último adiós, los vemos desplazarse a velocidad por el espacio hasta desaparecer en las nubes. Han quedado con nosotros las gafas que nos permitirán verles de nuevo si algún día regresan.

—Daniel, ¿sabes que por estas fechas, hace veinte años, nos encontramos? —Cuánto polvo había, ¿recuerdas?

2
MÁS ALLÁ DE LA TIERRA Y ENTRE LOS ANILLOS DE SATURNO

LA LLEGADA

I

Chorros de vapor de agua emergían con ímpetu y a velocidad supersónica, saliendo expulsados a través de las grietas. A pesar de la distancia, la fuerza salpicaba los cristales de los miradores que daban hacia la terraza del Hotel Ritz, un resort en el Polo Sur de Encelado, una de las lunas de Saturno, donde habría en un futuro una ciudad que aún no tenía nombre. Algunos trozos de hielo golpeaban a veces contra su cuerpo y su rostro, llenándoles de sal la ropa y el paraguas, que de poco les servía. La lluvia empezaba a llenar de un plasma polvoriento la punta de los penachos, formando hielo líquido y salado. Las moléculas orgánicas que lanzaban los géiseres hacían la noche sumamente desagradable y mortífera.

Daniel, harto de taparse la boca con su pañuelo blanco de algodón egipcio para evitar los microbios, se volteó hacia su esposa Daniela y le dijo:

—¡Vámonos de aquí, entremos ya!

Desde la terraza del hotel, donde se encontraban, se podían contemplar los trozos de hielo que enviaban partículas al espacio y, atraídos por la gravedad del planeta, se fundían en la masa de uno de los anillos de Saturno que se vislumbraban en la lejanía y llenaban de color el inicio de la oscura noche de Encelado.

—Pero quiero ver los anillos de Saturno —respondió Daniela—. ¡Mira! —le indicaba a Daniel—. ¡Esos colores rosado salmón, mira los grises y los marrones!

—Podemos verlo mejor aún desde la burbuja de diamante que es nuestra habitación. A medida que oscurezca, verás la noche dorada de Saturno. Así la llamamos los científicos por la dispersión luminosa de los anillos que los vuelve dorados.

Mientras se dirigían a la habitación, se cruzaron con Bitzi 6, uno de los camareros que pertenecía al equipo de robots de apariencia humana traídos de la Tierra para trabajar allí desde el día en que inauguraron el hotel. Bitzi 6 era pelirrojo, con un pelo abundante, revuelto y ensortijado, y ojos pardos imperturbables; en cambio, sus labios podían emitir una sonrisa que contagiaba alegría. La piel sintética sonrosada y su andar lo diferenciaban poco de los humanos. Aunque no tenía sentimientos, aquello pasaba desapercibido a simple vista, porque era amable y servicial. Llevaba estampado en su camiseta de color amarillo yema y en las zapatillas blancas deportivas que calzaba el número seis que lo distinguía de los demás, que al igual que él se llamaban Bitzi. Todos ellos habían sido numerados y producidos en serie, lo que les daba un aspecto idéntico. Vestía, como los otros, el mismo tono azulón del pantalón vaquero, algo holgado, que correspondía a los encargados de la limpieza y mantenimiento de las habitaciones y demás áreas del hotel.

Los demás al parecer dormían ya, por el silencio que reinaba en los pasillos. Hacía varios meses que la nave Osa Mayor y su tripulación habían partido de la Tierra para pasar una temporada en la pequeña luna Encelado y estudiar las grietas que tiene en el Polo Sur, por donde emanan calor, oxígeno y vapor que podrían albergar vida debajo del casco helado de su superficie. Y al fin, desde hacía algunas horas, habían aterrizado en la escarpada cubierta del pequeño satélite.

Bajo las sábanas, ya sea en nuestra casa de la isla antillana, navegando en el mar de la Tierra, o en la nave espacial durante un viaje por la galaxia, sentía siempre el mismo y agradable olor de Daniel, el mismo contacto de su piel, el mismo placer que emanaba de su cuerpo. Pero bajo los anillos de Saturno que reflejaban su áurea desde lo alto y dentro del globo transparente que era la habitación, nos daba la sensación de que una sutil envoltura nos hacía sentir muy cerca del cielo.

Nos despertamos inundados por una violenta luminosidad que irrumpió con fuerza en la habitación. El amanecer en Encelado refleja toda la luz del sol. Saturno de día se ve azul con algunas nubes amarillas que flotan por encima, a diferencia de la dispersión luminosa de los anillos que le dan ese efecto dorado en la noche. Sentado a los pies de nuestra cama aguardaba Bitzi 6, que nos miraba fijamente con su expresión amable y ausente, mientras sostenía la bandeja con el desayuno a base de frutas que había preparado. El hotel es una inmensa cúpula artificial, dotada en su interior de un microclima similar al de nuestro planeta Tierra, que nos aísla del extremo frío del exterior y que permite el cultivo en huertos de frutas y verduras traídas desde la Tierra. Grupos de robots se ocupan de la siembra y de la cosecha.

Mientras Daniel y yo desayunamos sentados en la cama, vemos abrirse la puerta y se presenta en el umbral Marco Rinaldi, el astrofísico, uno de nuestros miembros de la tripulación.

—Disculpen la interrupción —nos dice con su acento italiano—, pero quiero avisarte, Daniel, que acabamos de enviar un pequeño satélite al extremo del Polo Sur para fotografiar la zona y así podamos empezar a estudiar lugares donde se puedan perforar algunos espacios que nos permitan observar lo que hay debajo del suelo helado.

—¿Cuánto calculas que tardarán en llegar las primeras imágenes? —pregunta Daniel.

—No lo sé, pero apenas puedas, ven a la sala a esperar con nosotros lo que irá apareciendo en las pantallas.

Aún siento el calor de su cuerpo junto al mío cuando Daniel, enfundado ya en su malla elástica de trabajo, se voltea para darme una última mirada y con los labios simula un beso antes de desaparecer apresuradamente por la puerta de la habitación.

El tiempo transcurre sin que se pueda decir que se ha encontrado algo por dónde empezar, hasta que las primeras imágenes finalmente comienzan a llegar.

—El gas ionizado y caliente del plasma me dificulta la visión —dice Daniel fastidiado—, todo es polvoriento, ¿lo ves? No puedo distinguir nada.

—Eso que ves es un estado de la materia. Sabemos que esta pequeña luna es muy interesante, pero hay que esperar a que el satélite se desplace fuera de esa área de grietas, para ver qué más se encuentra —contesta Marco.

—Mañana con la luz será mejor, Marco. El día acá es corto, mira, ya es de noche.

Ambos se levantan de sus asientos decepcionados y se dirigen hacia el comedor.

En el menú de la cena encontramos espagueti con salsa de tomate, verduras de la huerta y peras acarameladas. En el restaurante hemos juntado varias mesas para sentarnos todos alrededor.

—¡Quisiera comer pollo! —dice Doris nostálgica.

Le explicamos que los robots no están programados para criar pollos, ni para comer. El hotel, cuando no hay nadie, se llenaría de pollos vivos dando vueltas de un lado a otro.

Comienzan a llegar los platos con la pasta caliente que acometemos, por así decir, con gran apetito. La larga mesa la sirve otro equipo de robots similares a los de la limpieza; se diferencian en que son mujeres y tienen el pelo de color negro liso y algo largo. Se llaman Tutzi, visten una malla enteriza de color rosa encendido que acentúa su delgadez. El número que les corresponde lo llevan estampado en el pecho y en la espalda. Y su andar es cadencioso. Llevan zapatos planos de colores.

Igor, el niño huérfano que encontramos en la estación espacial algunos años atrás, es ahora un joven científico, ha terminado sus estudios de astrobiología en Kiev. Se encuentra sentado al otro extremo de la mesa con Tatiana, nuestra compañera rusa que es la encargada de la sala de máquinas. Ambos se ríen mientras conversan en ruso. Un biólogo español recientemente incorporado al grupo, se llama Antoni y es catalán. El ingeniero espacial norteamericano Timothy Clark, marido de Doris, es siempre nuestro comandante «Tim». Paco, el médico español, un tipo silencioso y observador, comparte nuevamente con el resto del equipo una nueva misión en el espacio, a bordo de Osa Mayor, nuestra nave. Nos hemos convertido en un equipo bien compenetrado y armónico que ha aprendido a convivir en un espacio que, aunque mucho más extenso que el de las primeras naves, siempre es de dimensiones limitadas, durante viajes muy largos y tediosos hasta llegar al nuevo destino.

—La percepción del tiempo en el espacio es muy difícil de asimilar —le comenta Daniel a Marco.

—Sí, es cierto —interviene Doris—. Se me hace difícil calcular los días que pasaremos aquí. ¿Cuánto tiempo creen que pasaremos acá?

—Calcula el de la preñez de las cabras —contesta Marco en tono burlón.

—¿Y cuánto es eso? —pregunta ella con una fingida indiferencia que oculta su fastidio por la respuesta.

—Entre ciento cuarenta y cinco y ciento cincuenta y cinco días —responde—. ¿Es que no te das cuenta, Doris, que recién hemos llegado y aún no sabemos con qué nos encontraremos?

Terminada la cena, algunos se dirigen al pasillo que conduce a las habitaciones. Tatiana e Igor se quedan a jugar una pequeña partida de ajedrez, mientras Doris y yo decidimos ir a pasear un poco para conocer el hotel. Nos cruzamos con Tutzi 9, a la que pregunto dónde queda el baño.

—A tres metros veinte —responde—, en dirección norte, girar a la derecha y para abrir la puerta colocar la palma de la mano inmóvil a diez centímetros de distancia de la puerta.

Su voz no tiene inflexiones. Nos divierte su forma de hablar, siempre monótona e igual, y la precisión de la respuesta.

Doris me enseña un hermoso reloj de oro que luce en la muñeca del brazo.

—Me lo regaló Tim antes de partir —me dice.

—¡Es precioso! —comento mientras lo miro detenidamente. Me viene a la mente, en el esquema de la conversación, algo que Daniel, mi marido, me explicó durante el viaje.

—Me ha dicho Daniel que los anillos de Saturno son los adornos más delicados y decorativos de nuestro sistema solar. Parecen tener también algunas piedras preciosas cósmicas de un desconocido material de color rojo.

—¿Como grandes rubíes? —me contesta Doris.

—Sí... tienes razón. También me ha explicado Daniel que en nuestro sistema solar se sabe de un planeta aún no explorado, que puede tener el cincuenta por ciento de su masa de diamante, ya que los planetas ricos en carbono pueden tener el núcleo como acero y el manto como diamante.

—Después del caos terrorífico que siguió al Big Bang, el cosmos poco a poco, en millones de años, ha ido tomando formas maravillosas —prosigo.

—Nosotras también somos una de esas formas maravillosas —responde mi amiga mientras su rostro se ilumina—. Formas creadas, materiales, espirituales y pensantes —contesto, desviando mis pensamientos hacia aquellas máquinas que hemos construido con forma humana, y que ahora nos rodean y añado—. Los robots, con sus inteligencias artificiales, desde hace un tiempo comienzan ya a alcanzar la inteligencia humana.

—Es cierto, pueden resolver sin dificultad algunos problemas por muy complicados que parezcan, aún aquí en el hotel a veces lo suelen hacer mejor que nosotros.

No quiero proseguir en una conversación que nos conducirá con seguridad a la parte espiritual del hombre, así es que esbozo una sonrisa y la tomo del brazo para reanudar nuestro paseo por el hotel.

Al empezar el nuevo día, desde muy temprano por la mañana, Daniel y Marco ya se encuentran sentados en la sala delante de las grandes pantallas que proyectan las imágenes que continúa enviando el satélite. Más allá de las grietas y de esos elementos del paisaje que llamamos rayas de tigre, donde se encuentran más de los noventa chorros de vapor que son los géiseres, les llama la atención a ambos una extraña forma que parece la de una cueva, de donde emana una temperatura cálida, casi como la del ecuador de nuestro planeta Tierra. El calor proviene de Saturno, el sol ilumina algo semejante a una entrada.

—¡Entonces no hay que perforar... no hay que abrir agujeros! ¡Hay una entrada natural! —gritó Marco emocionado, mientras se abrazaba a Daniel.

El hallazgo los llenó a ambos de felicidad. Algo que nunca hubiesen imaginado era encontrar una cueva que les permitiese penetrar al interior de Encelado, la pequeña luna entre los anillos de Saturno. La existencia de una tenue atmósfera completaba la información enviada por el satélite sobre la zona del Polo Sur. Se alistaron para entrar al día siguiente a bordo de la navecilla recubierta de material aislante y protector de las heladas temperaturas del exterior.

LA CUEVA

II

Llevaban trajes especiales y equipo de respiración.

—Aquello puede ser un lugar lleno de vida, porque hay vida por todas partes, lo hemos descubierto en muchos planetas. Podemos decir que es un fenómeno común, ¿pero qué clase de vida puede haber aquí? —se preguntaban unos a otros mientras la navecilla, guiada por el comandante Tim, avanzaba en dirección a la entrada de la cueva.

El temor de lo desconocido se adueñaba nuevamente de ellos, a pesar de estar acostumbrados a ello. Algo siempre los sorprendía e intimidaba. Era cierto, las formas de vida podrían ser agradables o llevarlos a una situación de terror nunca antes experimentada, una situación donde no sabrían cómo reaccionar ni cómo defenderse. Sabían que eran humanos y conocían sus propias limitaciones.

Ahora la entrada de la cueva estaba delante de ellos. Tim se detuvo unos instantes para enrumbar la navecilla; luego comenzó a entrar lentamente, tomando precauciones y controlando todos los ángulos de lo que se empezaba a revelar como un estrecho túnel de difícil acceso, iluminado por el sol, al final del cual se vislumbraba una apertura. Y cuando salieron de allí, se encontraron en una enorme gruta, cuyas paredes parecían de metal entre acerado y plateado. Algunas eran rosadas, otras doradas, y todo brillaba. Se trataba de depósitos de minerales con una estructura llena de bacterias.

En algunas partes colgaban de lo alto largos cristales transparentes de color rojo, que parecían estalactitas... rubíes gigantescos.

Acuatizaron con la navecilla sobre un mar de color celeste, similar al de algunos lugares de la Tierra. Era un mar salado, tibio y efervescente. Sin temor alguno, empezaron a avanzar hacia el norte mientras navegaban por una realidad no real para quien, como ellos, veía todo aquello por primera vez. Al salir de la gruta, los sorprendió una lluvia de grandes perlas grises y blancas que caían a través de anchas ranuras de cielo.

—¿Serán parte de los géiseres? —se preguntaban en voz baja, como para no interrumpir el espléndido espectáculo que les ofrecía el nuevo y desconocido ecosistema.

Y toda la atmósfera estaba llena de pequeñísimas burbujas, tenues y transparentes, que flotaban en todas direcciones. Hacía calor y había oxígeno.

—Qué curioso —comentó Daniel—, estas burbujas que nos recuerdan a las burbujas del champán allá en la Tierra, están por todas partes en el disco de la Vía Láctea y veo que aquí también.

—Algunas de las bacterias podrían ser las extremófilas aerobias que hay en la Tierra —dijo Antoni.

Igor y Antoni, con cuidado y cierto temor, iniciaron a extraer y guardar algunas muestras con bacterias para estudiarlas más adelante. Utilizaban pequeñas herramientas especiales para evitar contaminar el ambiente que se advertía puro e inalterado. Nadie parecía haber estado allí con anterioridad, pero a su vez se preguntaban si aquellos microorganismos de aspecto inofensivo contendrían materias tóxicas para el ser humano y, al llevarlas a la Tierra, crear enfermedades y pandemias desconocidas que podrían devastar nuestro planeta.

—¿Acaso los antibióticos no se crearon con algunos microorganismos? —comentaba Igor a Antoni con cierto optimismo—. Es decir, podríamos descubrir nuevos medicamentos y la cura de algunas enfermedades que aún desconocemos... ¿por qué siempre hemos de temer lo peor?

—¿Y algo que evitara las enfermedades no sería aún mejor? —contestó Antoni, contagiado por el optimismo de su compañero.

A medida que avanzaban, el paisaje se ensanchaba más y más, hasta convertirse en un océano de agua y gas, en medio del cual continuaban navegando. Desde que estaban en la Tierra, suponían ya la presencia de algún volcán y eso significaba vida.

Niveles de vibración extraordinarios empezaron a rodearlos y, sintiéndose cada vez más ligeros, se dejaban llevar. Tenían la sensación de poder caminar sobre el agua. Igor, como siempre, era el que se aventuraba primero; luego, todos salieron de la navecilla y caminaron sobre el mar. A medida que disipaban sus temores, pudieron divisar a lo lejos unas figuras de formas indefinidas, de mediana estatura, que se desplazaban lentamente por el aire y se acercaban descendiendo en dirección a ellos. Eran luminosas y compuestas de gas, inconsistentes y suaves nubes de luz cada vez más próximas que continuaban avanzando y, cuando se encontraron inmersos en ellas, los niveles de vibración se hicieron aún más fuertes, tan fuertes que sentían el cerebro a punto de explotar. Entonces empezaron a ver visiones, al menos eso creían en este mundo real tan diferente que nunca habían visto hasta ahora. Percibían que el tiempo no se detenía y las visiones poco a poco se convertían en realidad. Eran seres silenciosos, amorfos e inteligentes que les transferían capacidades aún no utilizadas por el cerebro humano y se hacían realidad en instantes. Así, Paco, el médico, pudo ver el cuerpo de Daniela en transparencia, como si de una ecografía se tratase, y vislumbró en su vientre la presencia de una nueva vida que recién empezaba a formarse. Daniela tendría unas tres semanas de embarazo y con seguridad ella aún no lo había notado.

Cuánto tiempo permanecieron allí no lo sabían a ciencia cierta. Varios días estuvieron sin comer ni beber, sin sentir necesidad de ello, como si hubiesen sido alimentados por la energía del universo que en esos seres se manifestaba con tanta fuerza, al tiempo que su vida, sin que ellos lo supiesen, se había prolongado.

Las habían atravesado como si fuesen pequeñas nubes, mientras aquellas extrañas formas de vida proseguían con la misma lentitud su camino. Ellos, aún de pie sobre el agua y sin atinar a pronunciar una sola palabra, se voltearon a mirar hacia atrás y las seguían fijamente con la mirada, hasta que las vieron desvanecerse en la lejanía.

—Qué lugar tan mágico y divertido —dijo Marco, que parecía comenzar lentamente a despertar de un sueño.

—Ha sido un salto evolutivo, ¿lo conservaremos al llegar a la Tierra? —responde Tatiana.

—Allá —recordó Tim— llevan años peleando por las piedras que se encontraron tiempo atrás en Marte y en la Luna, y los minerales de algunos meteoritos, ¿quién es el dueño? Se han constituido sociedades que compiten por acumular piedras y fósiles extraterrestres.

—¿Crees, Daniel —pregunta Doris—, que habrá seres en otros planetas menos evolucionados que nosotros?

—Estoy seguro de que sí. Algunas formas de vida deben ser primitivas o muy primitivas. Lo que empezamos a conocer del cosmos es algo que nos tomó mucho tiempo hacer realidad. También es cierto que nuestra Tierra no representa algo especial dentro del universo. Desde el cielo llueve la vida, pero aún es nada lo que empezamos a ver de un universo cuya inmensidad se expande cada vez más y no creemos que esta sea posible de calcular.

Peces de forma y tamaño similar a los del mar en la Tierra saltaban fuera del agua, parecían delfines enanos jugando en el mar. En previsión, habían llevado unas redes que Marco e Igor echaron al agua. Poco después las izaron y vieron que dentro había algunos peces. Felices con la pesca que llevaban, emprendieron el regreso al hotel. Al fondo, en la lejanía y en dirección al norte, no se vislumbraba un horizonte. Solo era oscuridad

LA BIBLIOTECA

III

De regreso al hotel, comenzaron a crear la Biblioteca Galáctica, una de las tareas de la misión durante el viaje a Encelado. Los libros traídos en la nave, que los robots ayudaban a descargar, empezaron a ocupar espacio en un lugar muy lejano de la Tierra, para dar testimonio de una civilización. En un lado estaban los libros de historia; en otro, los de ciencia, religión y los libros sagrados. Seguían las grandes obras literarias más conocidas. Luego, los menos leídos, aunque fueran la mayoría. Después, los que la gente leía de noche en su cama para poder quedarse dormida. Así también, los que, aun queriendo, no había tiempo de leer, ni pensar en ellos, ni desear tenerlos cerca. Al final, los libros de arte ocupaban un lugar especial, aunque en algunas casas en la Tierra solo se les considerara decorativos. Libros de filosofía y teología que pocos habían leído, y los *best sellers.* Cerca, los premiados, los que olían a humedad, los que tenían algunas páginas carcomidas por la polilla, y los textos antiguos.

Era una biblioteca abierta, donde seres del espacio, de otros planetas y de otras galaxias, podrían en un futuro colocar su propia información. El archivo espacial, a cargo de Tatiana, informaba sobre aquel encuentro de hace pocos años con los seres invisibles de la quinta dimensión, el mundo de Gus que retrataba el planeta Pensamiento. Ahora añadían la experiencia del encuentro del día anterior con los seres de gas y luz en la cueva de Encelado.

Durante el contacto con ellos, el comandante Tim avistó una enorme red, un entramado de túneles que correspondían a innumerables agujeros de gusano. Desde el regreso al hotel, se hallaba inmerso en la tarea de trazar lo que parecía ser el plano de calles de una gran ciudad y su exacta ubicación en el espacio cósmico, algo que recordaba con precisión. Aquellos seres le habían mostrado las diferentes rutas para viajar rápidamente a algunos lugares del cosmos a través de aquella intrincada red de agujeros.

Para Marco, se había hecho realidad viajar por el cosmos, un viejo sueño de años atrás, cuando empezaba a ser un adolescente.

—A veces —nos narraba, absorto en sus pensamientos— sentía la imperiosa necesidad de colgarme de la Luna y no volver a caer en la Tierra, planeta por el que no sentiría nostalgia alguna. Fue entonces cuando, en un sueño, vislumbré con mi telescopio un enorme promontorio rocoso en la Luna y, aprovechando que esta comenzaba a aproximarse cada vez más a la Tierra, tiré un ancla atada a una larga soga para fijarla allí y empecé a trepar por la soga.

»Como yo era alpinista, no me fue difícil llegar, aunque tenía que cargar sobre mis espaldas mi telescopio y a una vieja iguana que no me dejaba ni a sol ni sombra y vivía siguiéndome. Ella, abrazada a mi espalda, se convertía en mi último recuerdo de la Tierra, aquel planeta donde ocurrían tantas guerras, hambres y hechos nefastos creados por los hombres, sus habitantes, y que los obligaría en un futuro a emigrar a otro planeta para poder sobrevivir al holocausto nuclear que su locura final podría producir. Y la Luna empezó a alejarse a toda velocidad, mientras la soga quedó colgando en el aire y ya no me era posible descender, desenganchado como estaba de las amarras que me unían a la Tierra. La Luna parecía un globo inflado con gas que se había soltado de la mano de un niño en un parque público. Y, aferrado a mi soga, empecé a recorrer el espacio iluminado por millones de estrellas, en busca de un mundo mejor...

—Pero aquello finalmente no sucedió —dijo Daniel, regresándolo a la realidad—. Y esperemos que no suceda en el futuro. Debemos recordar que no es posible pasar dos veces por una guerra nuclear. ¿Quién sobreviviría para la siguiente y en qué condiciones?

—Somos una especie en peligro de extinción, Daniel —rebatió Marco.

—Tenemos algo que festejar, la cena está lista —llegó Paco a avisarnos—. Y la he preparado yo. Ya sabéis que me gusta guisar. Los peces que trajimos de la cueva los he asado al horno recubiertos de sal, que aquí hay mucha y es para mí una de las mejores formas de comer el pescado —manifestaba, mientras nos acomodábamos en la mesa y mirábamos las fuentes donde los había colocado.

Paco empezó a quitar con una espátula la sal que los cubría, dejando a la vista la piel brillante y plateada, algo azulada. Mientras los limpiaba y troceaba para servirnos en los platos, observamos que la carne era blanca, muy blanca, casi sin espinas, y el sabor que descubríamos a medida que empezábamos a saborearlos era una nueva sensación; nunca habíamos comido en nuestro planeta algo tan diferente, exquisito y con sabor a pescado.

—Es que el mar en la cueva no está contaminado —intervino Igor—. Este debe ser el auténtico sabor de los peces, algo que nosotros hemos olvidado.

—Y ahora dinos, Paco, ¿qué tenemos que festejar? —Doris esperaba con curiosidad, como todos.

—Daniela está embarazada —contestó Paco—. Y tiene ya un mes. Es una niña.

—¿Cómo sabes eso y además que es una niña? —Daniel no podía entender de dónde salía esa historia.

—Fue la visión que tuve cuando nos cruzamos con aquellos seres de gas y luz. Pude ver en un instante el interior de su cuerpo con más claridad que con una radiografía. Nunca Paco había estado tan locuaz...

Hablaban al mismo tiempo, la alegría se adueñaba de ellos. Era un momento feliz para todos, pero Daniela sentía temor. Estaba lejos de la Tierra. ¿Cómo sería todo? ¿Dónde y cómo nacería su hija? ¿Llegarían a la Tierra antes? Confiaba en Paco, que era un gran médico, pero era su primer embarazo y, en esas condiciones, solo atinaba a hacerse una serie de preguntas.

—Tú serás la madrina —le dijo a Doris, sin tener conciencia aún de lo que estaba diciendo.

—Marco, tú el padrino —dijo Daniel, que empezaba a entrar en esta nueva realidad, que aún no entendía si le causaba miedo o felicidad.

—Gaia sería un bonito nombre —dijo Marco, pensando en voz alta.

—Me gusta —dijo Daniel.

—Nos gusta —respondieron todos casi al mismo tiempo.

—Además, tiene que ver con Encelado, que según la mitología griega fue uno de los gigantes engendrados por Urano, cuya sangre cayó sobre Gaia cuando fue castrado por su hijo Cronos, dando lugar a una nueva raza.

—Una nueva raza de extraplanetarios a la que pertenezco. Nací en la estación espacial. ¿Y Gaia, dónde nacerá? —dijo Igor.

—¡Por eso te sentiste mal aquella noche en el baño... y vomitaste! —le recordó Doris.

Ya en la habitación, Daniel y Daniela dormían abrazados. El amor durante esa noche los colmó de una nueva emoción, más plena, que en algo difería de lo habitual. Era Gaia, que ahora estaba con ellos.

Al volver a la biblioteca a la mañana siguiente, Daniela encontró a Doris que empezaba a seleccionar algunas películas y documentales en una pequeña sala de proyección. Otro espacio sería para escuchar música. Faltaba solo organizar una pequeña pinacoteca y quedaría listo un centro de actividades culturales en los diferentes idiomas que se hablaban en el planeta Tierra. Algún día, pensaban, los viajeros del espacio descubrirían aquel lugar y sabrían cómo era la Tierra.

LOS VISITANTES

IV

—Son solo suposiciones... En mi país dicen que aquí, en Encelado, podría haber una serie de túneles y galerías subterráneas que conectan pequeñas ciudades a lo largo del satélite. Algo similar se cree que existía en la Atlántida, el continente perdido de nuestro planeta.

—Si así fuera, Tatiana —añade Doris mientras una de las Tutzi le hace un masaje—, podríamos encontrar otros seres vivientes.

—Esta luna es muy pequeña —interviene Daniela—, no nos tardaría mucho poder recorrerla.

Las tres mujeres están pasando unas horas en el spa del hotel, en manos de los robots programados para tratamientos exclusivos similares a los de los spas en la Tierra.

—¡Las he buscado por todas partes! —exclama Daniel, que acaba de entrar al spa. Está alterado, despeinado y con expresión preocupada—. Hay en el aire una fuerte electricidad que se siente por todos los rincones del hotel.

—Tienes razón —contesta Daniela—, mira mi pelo, está todo electrizado.

Todos notan que tienen el cabello erizado. Doris había sentido pequeñas y agradables descargas eléctricas en las manos de Tutzi y creía que era parte de la terapia del masaje.

—¿Es algo anormal, peligroso?... ¿Qué es? —pregunta asustada.

—El universo es eléctrico —les explica Daniel—. Conecta todos los objetos del espacio y les da energía. Creemos que, debido a esto, nada es aislado. Se detectan campos magnéticos por todas partes, incluso en los vacíos profundos del espacio intergaláctico. Los campos magnéticos no pueden existir sin su causa, que son las corrientes eléctricas.

—¿Entonces la electricidad es muy importante? —pregunta Tatiana.

—Sí, según el nuevo punto de vista, el rol de la electricidad en el espacio muestra lo insignificante que es la contribución de la fuerza de gravedad en los acontecimientos cósmicos.

—¿Y por qué sentimos ahora esta energía eléctrica en el ambiente?

—No lo sabemos, como tampoco sabemos si debemos preocuparnos por ello. Puede ser un fenómeno pasajero que no entendemos aún si alcanza a ser peligroso. Desde que hemos llegado, es la primera vez que lo sentimos.

El ambiente se carga cada vez más de energía eléctrica. Los cuatro abandonan a toda prisa el spa y se dirigen a alcanzar a los demás, que ven llegar a su encuentro. Todos están reunidos; pase lo que pase, nada se podrá hacer, solo permanecer y esperar para ver lo que presenciarán y, además, si lograrán sobrevivir a ello. A través de la cúpula transparente que es el techo del salón del hotel donde se encuentran reunidos, se aprecia una luz que comienza a filtrarse desde lo alto. Es una radiación electromagnética, como la define Marco. Todos ven que la luz llega desde muy lejos, pero es tan fuerte que irradia hasta Encelado. Algunos de los robots, como consecuencia de estos fenómenos, se han desactivado y habrá que configurarlos de nuevo cuando todo haya pasado... algo de lo que comienzan a dudar.

No ha transcurrido mucho tiempo, a lo sumo un par de horas. Todos permanecen aún sentados en el salón en silencio, cuando sienten un ligero ruido parecido a un leve chasquido o al sonido que hacen las chispas de electricidad al conectar algún artefacto a un enchufe viejo y en mal estado. El ruido se acerca.

Paco y Antoni se levantan y se dirigen hacia el lugar de donde proviene el sonido.

Piensan en un cortocircuito.

Están adentro... en la entrada y echan chispas... Tienen carga electromagnética, por eso será... —dice Paco aterrorizado cuando regresa.

—¿Habéis oído alguna vez aquello que se dice de que... el tío está que echa chispas... por lo furioso que está? —Antoni no para de reírse mientras refiere lo que ha visto.

—¿De qué estáis hablando? —pregunta Daniel, que comienza a exasperarse con las bromas de sus compañeros.

—Anda, Daniel, sal a verlos y ojalá no sea como yo digo.

—¿Cómo dices tú, qué?

—Que estén furiosos.

—¿Quiénes?

—Los visitantes.

Daniel se levanta de inmediato del asiento y se encamina rápidamente hacia el lobby del hotel. Marco e Igor lo acompañan, sintiendo miedo, ya que no hay forma de escapar. Tal como refirieron los compañeros españoles, los visitantes están allí, parados, escrutándolo todo. Pequeños centelleos eléctricos y azulados emergen continuos y entrecortados alrededor de sus cuerpos, especialmente de los hombros, como si de un aura se tratase. Son de estatura mediana y baja, sin llegar a ser enanos, vestidos de un color blanco reluciente. No se sabe si tienen pelo porque llevan la cabeza cubierta hasta la mitad de la frente con una especie de cofia del mismo material del vestido. El resto de la cara está descubierta y es de una extraña belleza: el rostro es ovalado, la piel de un tono gris perla claro de apariencia nacarada, los labios carnosos y sonrosados, y los pequeños ojos negros, rasgados y risueños, que mueven con rapidez para captarlo todo, lo que los hace parecer muy inteligentes. Caminan con mucha agilidad y se mueven con gracia, como si estuvieran acostumbrados a bailar. No se puede negar que son seres muy atractivos, aunque no se conozcan sus intenciones.

¿Cómo entraron? —pregunta Daniel—. La puerta del hotel no se abre fácilmente...

Poco después comprueba que esta sigue intacta y cerrada. Por medida de seguridad, no ha habido ningún robot que pudiese abrirles la puerta.

—Desde hace tiempo anhelamos conocer a los habitantes de la Tierra, porque sabemos de la belleza de ese planeta —inicia el diálogo uno de ellos, que es el intérprete. Habla en ruso, idioma que domina a la perfección. Los demás permanecen callados en espera de la respuesta.

—¡Bienvenidos! —dice Igor en ruso.

No se atreve a estrecharles la pequeña mano enfundada en unos mitones que dejan al descubierto los cuatro dedos sin uñas que tienen los visitantes, por temor a sufrir una descarga eléctrica. Solo inclina levemente la cabeza en señal de saludo. Daniel y Marco hacen lo mismo, sin entender nada de la conversación, que luego Igor les irá traduciendo poco a poco.

Son seis y demuestran un real interés por conocer la biblioteca, cuya instalación están a punto de terminar. Los conducen primero al salón para presentarles al resto del equipo de habitantes de la Tierra, que al verlos se sobresaltan por la sorpresa, lo que esconde desconfianza, aunque el temor se disipa al verlos en actitud pacífica. Doris se endereza en la butaca y estira el brazo, dejando al descubierto su nuevo reloj de oro. No puede ocultar el nerviosismo y comienza a golpetear con los nudillos de la mano el brazo del asiento. En un instante, el reloj se desprende, arrancado de la muñeca de su brazo, y sale disparado por el aire para adherirse con fuerza al pecho de uno de los visitantes.

—¡Mi Patek Philippe! —exclama Doris casi a gritos, entre horrorizada, incrédula y sollozante.

—¡Será chorizo el tío! —exclama Paco, alucinado por la nueva modalidad—. Allá en la Tierra no saben robar así... ¡Qué arte!

—¿Chorizo? ¿Qué es? —pregunta Doris a punto de llorar, mientras mantiene fija la mirada en su reloj. Tiene miedo de acercarse y despegarlo del pecho de ese alienígena, como lo llama despectivamente.

—¿Chorizo? —repite—. Así se dice en mi país a los ladrones —aclara Paco.

—No solo tienen mucha electricidad, sino también un gran magnetismo. Sus cuerpos están fuertemente imantados —comenta Marco, que observa sereno la escena—. Nosotros también tenemos electricidad en el cuerpo, pero ¡esto!... Nunca lo hubiese imaginado.

—Esa luz entonces —dice Daniel— es una onda electromagnética, ¿de dónde proviene?

Tatiana e Igor son los traductores. Ellos dicen que la luz proviene de la nave espacial en la que viajan y que está detenida en el espacio a una lejana distancia de Encelado, por el temor de ser atacados por nosotros.

—¿Y cómo llegaron hasta acá?

—Ellos se teletransportan de un lugar a otro. No son invisibles ni pueden materializarse, solo llevan un brazalete de teletransportación en el brazo —nos traduce Tatiana.

—Es algo que en la Tierra estamos a punto de lograr nosotros también. Los ensayos que hemos hecho son aún en pequeñas distancias.

Marco se interesa cada vez más por estos seres, a los que comienza a acostumbrarse y descubrir lo interesantes que son. Algunos misterios se empiezan a esclarecer. Sus naves pueden recorrer grandes distancias alimentadas por la electricidad que hay en el espacio, lo que les da un extraordinario impulso para desplazarse con rapidez a otras galaxias.

—A diferencia de las ondas mecánicas —comenta Daniel—, las ondas electromagnéticas pueden desplazarse por el vacío.

Ahora que ya saben algo más sobre ellos, llega el momento de mostrarles algo de la Tierra y los conducen finalmente a la biblioteca.

—¿Una taza de té de Ceilán?

El intérprete acepta lo que les ofrece Daniela, después de cerciorarse de qué es. Una de las Tutzi llega poco después con varias tazas de té humeantes, colocadas sobre una gran bandeja que deposita sobre una base de mediana altura que está fijada al suelo. Cada uno de nosotros coge la suya, mientras los visitantes nos observan y luego hacen lo mismo. Lo prueban y, mientras sonríen en señal de aprobación, se aprecian sus dientes de forma redondeada, muy similares a los nuestros, pero mucho más blancos. Este es su primer contacto con seres del planeta Tierra y parece agradarles.

Lo siguiente es cuando se proyectan en la pantalla los dinosaurios que Doris Clark, la cineasta de nuestro grupo, empieza a mostrar. Es un documental suyo sobre la historia de la Tierra. Nos sorprende a todos el conocimiento que tienen de la historia de nuestro planeta. ¿Por qué entonces quieren aprender sobre algo que parecen conocer mejor que nosotros?

—¿Por qué el paso del tiempo deja huellas tan evidentes sobre vuestros cuerpos?

La pregunta nos deprime y nos llena de ansiedad. A pesar de los avances a los que hemos llegado, aún no sabemos detener el envejecimiento.

—Nosotros vivimos en promedio trescientos a cuatrocientos años o algo más —prosigue el intérprete—. Cuando nacemos, nos suministran una sustancia que previene cualquier enfermedad futura; lo llamamos inmunización. Gozamos de excelente salud durante nuestra vida y nuestra vejez es imperceptible.

Siguen sucediéndose las diferentes imágenes y paisajes que proyecta el documental. La naturaleza de nuestro planeta los impacta por su belleza. Notamos que, además de sensibles, son grandes estetas.

—Vuestro planeta sufre y está enfermo —nos dicen apenados—. Las leyes de la naturaleza no pueden romperse, son fijas —prosigue el intérprete—. Son ellas las que determinan cómo funcionan las cosas en el pasado, presente y futuro. Habéis hecho caso omiso de esto...

—Hace algunas décadas, un célebre físico y cosmólogo de fines del siglo pasado, llamado Stephen Hawking, dijo lo mismo —recordó Daniel.

La sabiduría es universal, el arte también. Es posible que el universo no sea tan misterioso como creemos —medita en su interior Daniela, mientras pone mucha atención, como todos los demás, a las palabras de estos pequeños seres de gran sabiduría.

—Soy astrofísico —interviene Daniel— y sé también que las leyes de la física, además de inmutables, son universales.

Los libros no parecen interesarles; se detienen solo en los textos sagrados. «Había gigantes en la Tierra en aquellos días», el intérprete empieza a leer en voz alta el sexto capítulo del Génesis de la Biblia. «Cuando los hombres empezaban a multiplicarse sobre la faz de la Tierra», comenta uno de ellos, «Tiempo después vino el diluvio universal...».

—Huesos y esqueletos de gigantes fueron encontrados en la India —dice Daniela.

—¿La India?

—Nuestro planeta está dividido en varios países; la India es uno de los más grandes —aclara Daniela.

Prosiguen con la lectura de ciertos capítulos de la Biblia. Se detienen nuevamente en el Génesis y en la creación del mundo, que leen con atención. Sus comentarios en voz baja y en una lengua incomprensible para nosotros no nos permite enterarnos de lo que saben. Poco después, los seis se ponen de pie, se despiden de nosotros con una leve inclinación de cabeza, como nos han visto hacer a su llegada. Hay un pequeño interruptor sobre el brazalete que cada uno de ellos lleva en el brazo. Lo presionan y, de inmediato, una bola luminosa, transparente y azulada los envuelve en un leve torbellino, dentro del cual desaparecen en un instante.

—Ya estarán dentro de su nave. Es algo inmediato... —Marco es el primero en comentar, después de haber presenciado una teletransportación.

Doris parece resignada a la pérdida de su reloj. Nota que ya nadie tiene los pelos parados.

—Te regalaré otro cuando regresemos... —le dice Tim, afectuoso, para consolarla.

A la espera de que caiga la noche, se quedan reunidos para comentar una jornada tan singular. Al día siguiente, el comandante Tim tendrá que configurar de nuevo algunos robots afectados por la electricidad que ha desaparecido del ambiente poco después de que ellos se fueran. El rayo de luz proveniente de la nave espacial tampoco está. Concluyen que los extraños visitantes, como así los llaman, se han ido. Y nadie les preguntó de dónde venían.

EL BAILE

V

Nos despertó el cantar de los pájaros, algo a lo que no estábamos acostumbrados en el silencio espectral con el que transcurría el tiempo en la gélida superficie de Encelado. Parecía el trino de un mirlo o de un ruiseñor, que nos hizo retroceder a los días en que estábamos en la Tierra, muchos meses atrás.

—Es Doris, que tiene nostalgia y debe estar proyectando videos de nuestro planeta —comentó Daniel.

Poco después, Daniela se dio cuenta de que Doris no estaba en la sala de proyección. Las puertas de los dormitorios empezaron a abrirse y todos habían escuchado lo mismo. Antoni y Tatiana salieron de la misma habitación; fue así como nos enteramos de que habían pasado la noche juntos. Había nacido un amor entre ellos que a nadie habían dicho.

El canto de las aves era continuo y provenía de la entrada del hotel. Allí estaban de nuevo los visitantes, como los llamábamos cuando se hablaba de ellos. Estaban en el salón del hotel y silbaban emitiendo el canto de los pájaros, algo que habían aprendido a imitar a la perfección desde aquel día en que vieron el documental sobre la naturaleza de nuestro planeta y querían llamar nuestra atención, avisarnos de su regreso.

Desde entonces, habían transcurrido algo más de seis meses. El embarazo de Daniela era evidente. Paco había visto realmente cuanto nos dijo. ¿Adónde habían ido a parar y de dónde venían estos seres que ahora regresaban para sorprendernos con una inusitada alegría? Ya no se comportaban como la primera vez, en que parecían querer intimidarnos inundando el ambiente con la electricidad que sus cuerpos emitían. Esta vez aparecían sin energía eléctrica, sus cuerpos no estaban imantados y todo entraba a formar parte de lo que para nosotros era la normalidad... ¡Y qué alegres eran!

—Pensábamos que ustedes eran soldados allá en la Tierra y que podían matarnos, por eso accionamos la electricidad que tenemos en el cuerpo como defensa —explicaba el intérprete—. Nosotros no tenemos ejército en nuestro planeta porque no existe la guerra; es algo que consideramos muy primitivo.

—Somos un grupo de científicos y artistas que cumplimos algunas misiones en el espacio —respondió Daniel.

Notó que ellos ya hablaban nuestro idioma.

—¿De dónde vienen? —añadió.

—Nuestro planeta está en la Vía Láctea como el vuestro, en la zona de habitabilidad, ni muy lejos ni muy cerca del sol.

Mirando a Daniela, Emur, uno de ellos, advirtió que llevaba un hijo en su vientre.

—Nuestra gestación y concepción es igual a la de ustedes. Nosotros podemos procrear siempre, hasta los últimos años de nuestra vida.

—¿Y vuestras mujeres? —preguntó Marco.

—Están dentro de la nave.

Caminamos hacia la entrada del hotel y vimos a través de los cristales que, estacionada a una cierta distancia, había una nave espacial. Nos llamó la atención su gran tamaño y la belleza de su diseño. Poco después, aparecieron tres de las mujeres que provenían de allí. Cuando las tuvimos cerca, pudimos ver lo hermosas que eran: pequeñas también y con el mismo color nacarado de piel. El pelo suelto, entre liso y suavemente ondulado, les llegaba hasta por debajo de los hombros y era de un hermoso color castaño intermedio, similar a nuestras tonalidades. A simple vista, parecían las almas gemelas de tres de ellos y así nos enteramos de que eran sus compañeras. Tenían la capacidad de transmitir grandes sentimientos a través de sus gestos y actitudes.

—¿Conocen el mal? —preguntó Igor.

—Sí, pero no lo practicamos —respondió una de ellas.

Al poco rato, fuimos todos a la biblioteca. Antoni, contagiado por la natural alegría de estos seres, se encaminó hacia la sala de música que hacía poco se había terminado de instalar. Las primeras notas de *Billie Jean* a todo volumen, mientras Michael Jackson aparecía en pantalla cantando y bailando su famosa canción, desataron una irrefrenable alegría en nuestros visitantes y nos dejó atónitos. Nunca hubiésemos imaginado que se podría bailar de esa manera: eran muy teatrales y grandes bailarines, miraban a Jackson y sentían profundamente su ritmo. Tim y Doris, que acostumbraban a ir a bailar los fines de semana en Filadelfia, los siguieron. Así fue como se armó una fiesta donde, sin habérnoslo propuesto, bailábamos al mismo tiempo que ellos. Daniela, cuyo vientre empezaba a ser voluminoso, se reía contagiada por el júbilo que reinaba, mientras nos seguía con la mirada desde el sillón en el que estaba sentada.

Emur se detuvo un momento y, volteando los ojos dulcemente hacia Daniela, le dijo:

—No tengas miedo, tú también puedes venir con los demás, yo te cuidaré y nada le pasará a tu criatura.

Poco después de que nos colocaran los brazaletes, sentimos un pequeño dolor en el pecho. Sucedió en instantes y, sin poder razonar siquiera, nos encontramos todos dentro de la nave de nuestros visitantes. Habíamos sido teletransportados.

UN PASEO

VI

Lo más probable es que se creyera que no queríamos continuar con el relato de la historia, que habríamos desaparecido por propia voluntad en el cosmos. ¿Habríamos acaso encontrado un mundo mejor, como en los sueños de adolescencia de Marco? No se supo nada más de nosotros allá en la Tierra. Sin darnos cuenta o sin querer darnos cuenta de ello, el tiempo transcurría dentro de la nave a la que fuimos teletransportados por nuestros nuevos amigos de otro planeta, sin poder enviar mensajes al nuestro, del que parecíamos habernos olvidado, atrapados en un nuevo mundo que nos colocaba otra vez en una dimensión diferente, algo que se podía definir como una emoción placentera. Todo cuanto empezábamos a conocer desde hacía un tiempo indeterminado nos resultaba fascinante. Nos encontrábamos a bordo de la nave que seguía detenida no muy lejos del Hotel Ritz Resort, nuestro hotel. A pesar de que en ningún momento nos habíamos movido de allí, teníamos la sensación de haber viajado distancias difíciles de calcular.

Timothy Clark, nuestro comandante, pasaba la mayor parte del tiempo en la cabina de mando ubicada en la parte central de la nave. Era este el núcleo desde donde uno de ellos, de nombre Omus, dirigía y controlaba el funcionamiento de un complicado mecanismo a través del cual se producía la energía que impulsaba la nave espacial sin necesidad de utilizar una gran velocidad para el despegue como se hacía en la Tierra, debido a la fuerza de gravedad, de la que ellos, en cambio, lograban liberarse. Podían elevarse así con suavidad y bajar igualmente, detenerse en el espacio a cualquier altura y alcanzar grandes velocidades que los conducían en pocas horas a lugares muy distantes que eran aún impensables para nosotros. Habíamos adelantado mucho en la conquista del espacio, pero desconocíamos ciertos materiales y aleaciones de metales y plásticos que hacían posible construir naves que pudiesen viajar a velocidades inimaginables, conectadas para impulsarse a la electricidad que se encuentra en el espacio.

Al igual que nosotros, en el interior tenían un campo gravitacional propio que difería en algo del nuestro y nos creó al comienzo algunos efectos fisiológicos desagradables; sentíamos náuseas y una alteración de la presión, que ellos supieron adaptar para nuestra estadía. Un enorme espacio abierto rodea la cúpula central, donde en diferentes áreas acondicionadas se desarrollan las actividades de su vida diaria. Duermen en camas anatómicas y no usan almohadas, son vegetarianos, no matan animales para alimentarse, sus conocimientos nos aventajan en siglos, no padecen enfermedades, tampoco tienen necesidades económicas y suelen practicar el silencio. Conocen el odio, pero prefieren practicar el amor. La convivencia con estos seres de diferente nivel de evolución se nos hace difícil. Son muy puros, tienen un notable equilibrio físico, psíquico y espiritual, algo a lo que nosotros no hemos llegado en nuestro planeta. Las mujeres llevan hermosas pulseras en los tobillos que provocan un suave y agradable sonido al caminar.

—En el universo nada es estático, todo debe circular, ya que todo es un dar y recibir —nos explica Emur.

—¿Crees que estamos listos para profundizar un contacto con ellos? —me pregunta Marco, que está de pie junto a mí.

—Si muchas veces no entendemos aún a nuestros semejantes en nuestro propio planeta, porque tienen otra cultura, otra raza, a menos que estos seres nos ayuden, no creo que podremos... —le respondo.

—Lo que quiero decirte, Daniel, es que nosotros, ¿qué podemos aportarles a ellos?

Y sin darnos cuenta siquiera, por el silencio y suavidad con que se eleva la nave, nos sorprende encontrarnos en pocos instantes elevados a una gran altura, mientras terminamos de atravesar los anillos de Saturno. Omus enrumba la nave para conducirnos a un paseo espacial, al que nos dejamos llevar con el mismo temor de siempre por la incertidumbre de lo desconocido. La velocidad es tal que nos hace temer por nuestra vida, no estamos acostumbrados a ello. Sin embargo, todo se hace posible. Comenzamos a sentir y percibir de otra manera lo que es un verdadero viaje por el espacio, que es enorme. Es un desplazarse por el infinito, sin tiempo por la rapidez, para expresar la emoción de cuanto vemos pasar a nuestro lado a través de algunas áreas transparentes que hay en el interior de la nave y que nos acercan a ese paisaje exterior, al que nos une una exigua familiaridad. Cuanto más nos adentramos en el cosmos, más comprendemos su grandeza. Saber que en cualquier momento podemos detenernos en algún nuevo planeta nos colma de una alegría interior que resulta difícil de expresar, aún entre nosotros... Por aprensión quizás. Solo conseguimos quedarnos en silencio. El silencio del que aguarda una aparición... una visión desconocida...

Apenas aterrizamos, mientras aguardamos instrucciones, vemos acercarse a nosotros a cuatro de las mujeres que llevan en sus manos unos extraños objetos que tienen forma de media esfera de color blanco, una pequeña cúpula hueca por dentro y en la parte de la curva exterior despuntan una serie de barritas aceradas de poca longitud, que a simple vista parecen antenas. Nos indican que son cascos que debemos colocarnos. Los gorros son de una desconocida fibra artificial de color blanco, que se ajustan a la perfección en nuestra cabeza. Las que parecen antenas son una especie de pararrayos, o, mejor dicho, son dispositivos que sirven para desviar de nuestro cuerpo la electricidad mortífera para nuestro organismo que hay en la atmósfera del planeta al que en breves momentos nos disponemos a descender.

Hemos llegado al planeta Harcolabius, el mundo de nuestros nuevos amigos. El viaje de ida ha finalizado y, con las gorras pararrayos encasquetadas en la cabeza, iniciamos el desembarque.

Es de noche y la ciudad tiene una iluminación violenta. El primer impacto nos daña la vista y cerramos los ojos con fuerza, cubriéndonos la cara con ambas manos por la agresión que sentimos. Hay mucha electricidad en el ambiente y nos aconsejan no quitarnos los cascos en ningún momento. Pasado el primer impacto, los cascos empiezan a funcionar y podemos al fin abrir los ojos. Empezamos a percibir la ciudad con una iluminación que es espectacular. Podríamos compararla a la luz fluorescente que aún utilizamos en la Tierra, diferente a la iluminación natural que usábamos antes, pero es una pobre comparación en vista de que no tenemos nada similar a esto, ni de tal brillo ni de tal intensidad.

Como consecuencia, todo resplandece, todo resalta a tal punto que las figuras toman un aspecto casi fantasmagórico, enriquecidas por un aura de artificialidad. Por momentos, la tonalidad cambia y convierte a la ciudad en un continuo espectáculo nocturno de luz y color que rodea a la gente que transita por las calles a pasos tan rápidos que parecen no pisar el suelo, impulsados por una sorprendente agilidad. Nos sentimos lentos y pesados al inicio; luego, poco a poco, la fuerza de gravedad, diferente a la nuestra, nos va liberando y con esa misma presteza empezamos a caminar y caminar, deslizándonos por las calles con rapidez inusitada, incluso Daniela en su avanzado estado de gestación, sin sentir cansancio alguno, impulsados por la electricidad del ambiente. Sin percatarnos de cuánta distancia hemos recorrido, nos encontramos frente a un edificio que Emur nos indica que es un hospital. Marco y Daniel se preguntan si estaremos en el planeta Gliese, que se descubrió hace algunas décadas y que está en la zona habitable de nuestra galaxia. Hay agua y la temperatura es soportable para nosotros. Puede ser también Corot u otros, pero aquí esos nombres no se conocen.

EL NACIMIENTO

VII

Solo a Paco y a mí se nos permitió entrar más allá de un largo corredor que conducía a la gran sala vacía y aséptica donde fue llevada Daniela, quien comenzaba a sentir los dolores del parto. Permanecía despierta y echada sobre una tarima anatómica, recubierta de un material metálico y plateado. Paco, nuestro médico, se hallaba de pie a su lado y, con expresión circunspecta, le cogía la mano, mientras mantenía los labios apretados. Frente a Paco, estaba uno de ellos, también médico. Todos, con máscaras y perfectamente esterilizados, aguardaban el momento del nacimiento. Yo permanecía de pie detrás de una mampara de material muy ligero y transparente, esterilizado también como todo en aquel lugar, a una distancia que me permitía ver el nacimiento de mi hija.

—Ha llegado el momento...

Sentí muy cerca una voz suave, casi imperceptible, que me lo anunciaba. Era la voz de Emur, que había entrado sigilosamente al pequeño recinto transparente.

Se hallaba de pie a mi lado junto a la mampara, acompañándome.

Mis ojos no se separaban de Daniela, a quien miraba fijamente. Mientras, con la mente, recorría el tiempo atrás al día en que nos vimos por primera vez en la Tierra, que ahora sentía tan lejana. Apenas entré en aquel salón de la casa de un amigo común, la vi sentada en un sofá rojo. Me incliné hacia ella cuando nos presentaron y le di un beso rozando apenas su mejilla.

—Hola —me dijo mientras me sonreía, agradada y sorprendida a la vez.

Poco después comentaría a unos amigos que aquella noche pensó que yo era un ser celestial, por la belleza de mi aspecto que la había impactado. Ella me quedó grabada desde el primer momento como la mujer a quien había buscado siempre. Verla levantarse del asiento para acercarse a mí me conturbó a tal punto que solo lograba contemplarla y escuchar sus frases, sin importar lo que decía ni lo que yo decía, en presencia de otros que también participaban en la reunión. Al igual que Daniela, casi todos eran artistas o arquitectos; yo era el único científico, un astrofísico que se compenetraba con el arte, algo que me llevaba más allá de la estricta y limitada realidad de la ciencia.

Transcurrieron algunos años antes de que las circunstancias nos permitieran estar juntos, lapso en el cual nos vimos por breves y esporádicos momentos las pocas veces en que yo regresaba a la ciudad. Recibía en aquel entonces un estricto entrenamiento para ser astronauta, algo que me mantenía alejado de todo, y notaba en Daniela una acentuada tristeza y cierta apatía. Era esa larga espera la que iba dejando huella en su rostro. Por mi parte, contaba los días que faltaban para terminar y poder estar juntos, con la certeza de que ella era a quien deseaba tener para siempre a mi lado, cerca, muy cerca.

A mi retorno, sobrevivimos al devastador terremoto que destruyó nuestra ciudad y todo cuanto conocimos de ella. Empolvados por el derrumbe de las casas, parecíamos recubiertos de harina cuando finalmente nos encontramos en aquella cafetería donde, antes del desastre, habíamos acordado vernos. Juntos dejamos atrás muerte y destrucción, impulsados por una fuerza que adquirimos al estar juntos. Abandonamos la ciudad y la hediondez que provenía de la imprevisible desgracia que cayó sobre sus habitantes.

Lo que nos aguardaba en la vida comenzó a conducirnos más lejos, hasta llevarnos a abandonar nuestro planeta Tierra y realizar viajes por el cosmos. Proseguí el entrenamiento, ahora junto a ella, quien también fue preparada para ser astronauta después de convertirse en mi compañera.

Cinco dedos del minúsculo pie de mi hija comenzaron a asomar, luego sacó el resto del pie. Acto seguido salió el segundo y después todo se deslizó hacia afuera en un breve lapso de tiempo que no pude calcular. Al final, apareció la pequeña cabeza que completaba un también pequeño y hermoso cuerpo humano de niña. Era Gaia, que miraba el mundo cubierta aún de residuos de sangre y placenta de su madre, que la había parido en cuclillas, despierta y sin dolor alguno, a la usanza de los habitantes de ese planeta, los harcolabianos. Y enseguida, Daniela la abrazó estrechándola a su cuerpo desnudo, mientras Paco cortaba el cordón umbilical.

Entraron dos mujeres que se llevaron a la niña apresuradamente, para traerla momentos después limpia y reluciente, vestida con la malla enteriza del tejido blanco de aspecto abrillantado y metálico que usaban los habitantes de ese planeta y que le dejaba solo el rostro al descubierto. La acercaron hacia mí mientras la sostenían en posición vertical y, cuando la tuve enfrente, pude apreciar sus grandes ojos almendrados, de color verde, parecidos a los de Daniela, pero más hermosos y con una transparencia que me recordaba el color esmeralda de nuestro mar antillano. La pequeña cabeza estaba cubierta con el mismo casco o gorro pararrayos lleno de pequeñas antenas igual al que usábamos nosotros. Gaia vestía como una harcolabiana, aunque en realidad mi hija era una extraplanetaria. Sus grandes ojos me miraban con una expresión muy risueña, algo que me pareció inusual en un recién nacido. Introduje una mano instintivamente en el bolsillo, buscando el pañuelo blanco de algodón egipcio, para secar las lágrimas de felicidad que comenzaban a llenarse en mis ojos y, al no encontrarlo, dejé que resbalaran libremente a lo largo de las mejillas hasta detenerse al final de mi cuello.

—Gaia ha sido inmunizada como acostumbramos a hacer aquí —me dijo el médico cuando salí del habitáculo transparente y me acerqué a él—. Nunca en su tiempo de vida contraerá enfermedad alguna —prosiguió.

—¿A qué se deben vuestros conocimientos? —preguntó un Paco sereno y confiado que estaba a mi lado.

—Hemos aprendido a crear campos de impulsos y estimulación electromagnética. Por medio de estos, comprendemos más las cosas. Todo aumento de nivel de evolución trae un aumento también del número de neuronas cerebrales —mientras escuchábamos atentos, el médico continuaba con su explicación—. La longevidad con poco deterioro y sin enfermedades nos permite tener una conciencia superior, más sabiduría y más tiempo para experimentar.

Gaia había nacido de pie, algo poco usual entre nosotros que lo habríamos considerado un parto difícil. Paco lo había visto dentro de Daniela y sabía que en nuestro hotel en Encelado no había recursos suficientes; era un lugar que recién comenzábamos a colonizar, aún no teníamos un hospital. Aquel sorpresivo paseo fue una idea de Emur para que la niña naciera sin problemas en el hospital de ellos.

Sentía hacia nuestros nuevos amigos un profundo agradecimiento.

La niña, pocos días después de nacida, comenzó a llorar continuamente y solo se calmaba cuando su madre la amamantaba y, aún más, en los brazos de Emur. Con cualquiera de nosotros lloraba sin poder calmarla, mientras que con

Emur era un silencio y bienestar. ¿Por qué? Nos preguntábamos... ¿qué había en él? ¿Percibiría acaso la pureza de este ser? Marco, en cambio, lo atribuía al campo magnético que la alteraba.

Desde ese momento, decidimos emprender en un breve lapso de tiempo el viaje de regreso a Encelado. Nos despedimos así de Harcolabius, un planeta en el que solo habíamos estado de paso, sin poder conocer nada o muy poco de él, pero del que nunca nos olvidaríamos. Era el lugar de nacimiento de nuestra hija, aunque no sabíamos a ciencia cierta en qué día y a qué hora se había producido. Allá, como en otros planetas, el tiempo transcurría con un ritmo diferente. A nuestro regreso al hotel en Encelado, podríamos aproximarnos con las computadoras a una fecha a través de nuestros calendarios.

EL REGRESO

VIII

Apabullado por los gritos y aplausos, sostenía en los brazos a mi hija Gaia, que proyectaba en la pantalla su primera imagen a la Tierra, con la que contactábamos después de largos meses en que se nos dio por desaparecidos. Permaneceríamos algunos días más en el Hotel Ritz de Encelado, antes de emprender el regreso a nuestro planeta.

14 de marzo... Sería, según pudimos calcular Marco y yo, el día del nacimiento de Gaia. Fuimos los últimos en entrar a la nave y, minutos después, Osa Mayor comenzó a elevarse lentamente sobre la superficie de Encelado para tomar velocidad. Veíamos alejarse de nosotros cada vez más aquella luna de Saturno, a medida que nos acercábamos a cruzar los anillos del planeta por última vez.

—¿Crees que algún día regresaremos? —me preguntó Marco y percibí cierta nostalgia en su voz.

—Con la red de agujeros de gusano que logré ver cuando atravesamos a los seres de luz y gas, tendremos infinitas posibilidades de viajar por el cosmos —intervino Tim—. Esto es solo el comienzo...

Era también el comienzo de nuestro regreso a la Tierra. De nuevo contemplaba el vacío lleno de enormes objetos, si así podemos llamar a los diferentes cuerpos celestes de apariencia inerte que pueden esconder formas y misterios ocultos e indescifrables, pero que al pasar miro con curiosidad y a veces con cierta indiferencia. Somos desconocidos para ellos, como ellos lo son para nosotros. La nave sigue avanzando por la misma ruta trazada de antemano desde nuestra salida de la Tierra ya hace más de un año. ¿Un año galáctico o un año terreno? Y fluye en su recorrido como las palabras con las que un escritor empieza a llenar la página en blanco que tiene bajo sus ojos. Todo está lleno de signos, todo está lleno de luces, infinitas luces como observo en mis viajes. Cierro los ojos y me recuesto en mi sillón de trabajo para descansar unos minutos. Al poco rato, empiezo a ver los destellos o fogonazos, como los llamamos los de la tripulación, a las partículas de radiación cósmica que nos atraviesan los párpados y golpean la retina, enviando una falsa señal al cerebro que nos hace interpretarlo como destellos de luz muy fuertes y que nos puede conducir con el tiempo a tener cataratas en los ojos, aunque para ello usamos un antifaz protector. Son partículas de protones que viajan a gran velocidad por el espacio, después del estallido de alguna supernova en las proximidades de nuestro sistema estelar. Se llaman centellas espaciales y pueden llegar a ser un centenar en una noche.

El universo empieza a parecerme siempre el mismo paisaje o es que todo su acontecer se percibe muy lento, tan lento, y el que parece correr con celeridad es el tiempo de nuestra vida. Pero a simple vista no notamos la rapidez con que giran los planetas en sus órbitas. Y Gaia comienza a gatear, pronto dará sus primeros pasos. ¿Será antes de que lleguemos a nuestro planeta? Nos dirigimos hacia un lugar determinado que le pertenecerá hasta el resto de su vida, pero el recuerdo de Harcolabius será algo permanente en el fondo de su memoria.

Daniela presiente el peligro. No siempre encontraremos seres superiores, como ha sucedido hasta ahora, y se vuelve hacia mí con angustia por lo que empezamos a ver en la lejanía. Es una nave espacial, no es de las nuestras. ¿Se acercará a nosotros? ¿Seremos atacados y destruidos? Nada de eso sucede; la vemos permanecer a distancia y luego girar en dirección opuesta.

¿Hacia dónde se dirige? Es otro pequeño mundo como el nuestro dentro de una nave moviéndose en el inconmensurable mundo cósmico. ¿Pasean o buscan algo o alguien? Me pregunto... ¿Encontrarán nuestra biblioteca galáctica allá en Encelado? Entonces sabrán de nosotros, pero ¿conocerán la ruta para llegar a la Tierra? Es mejor que no la conozcan, pienso... es mejor que sigamos permanentemente solos, como siempre ha sido desde la creación de todo cuanto vemos y a lo que no encuentro explicación para tanta inmensidad.

Un asteroide nos intimida cuando lo vemos pasar a gran velocidad; a veces parece aproximarse muy cerca, tan cerca que podemos colisionar y ser destruidos en un instante. Pero nuestras computadoras nos advierten del peligro a tiempo para lograr desviarnos de la ruta. Y seguimos mirando ese infinito que tanto nos atrae, que nos da una enorme sensación de libertad. Un infinito lleno de estrellas que no vemos parpadear porque su luz no está distorsionada por la atmósfera de la Tierra; por lo demás, se ven a la misma distancia como las vemos desde allá. Siento la boca seca y el silencio es de muerte.

Quisiera poder ver con mis ojos el tiempo y cómo transcurre, si en línea recta o irá ondulando en el espacio curvo, mientras avanza inexorablemente. ¿Hacia dónde se dirige? ¿Algún día podremos salir de esta área del tiempo en la que estamos atados a transcurrir nuestra existencia? Mientras, Gaia, sentada sobre mis piernas, golpea con fuerza las pequeñas palmas de sus manos sobre mi mesa de trabajo e intenta jugar con partes de mi computadora. Llega su madre y se la lleva antes de que provoque algún desastre.

Por lo demás, el viaje prosigue y la vida a bordo es un tedio que hemos aprendido a soportar y que solo interrumpimos con nuestro trabajo. Cada uno tiene asignada una labor que llevar adelante a diario. Gaia no conoce otra forma de vida, pero, aun a su corta edad, no tiene mayores exigencias. Ya sabe reír y su risa es gozosa y relajada mientras la vemos flotando en la nave en la zona de ausencia de gravedad. Su crecimiento es más acelerado de lo normal en un niño de su edad y es como nos sucede a nosotros debido también a los momentos que pasamos en ausencia de gravedad. Al llegar a la Tierra, recuperaremos en breve la estatura con la que salimos de allá.

Pocos meses después, entramos ya a la órbita del planeta Tierra y Tim debe programar el aterrizaje sobre un planeta en movimiento, sin error de cálculo. Cuando a lo lejos una aurora boreal de vivos y variados colores tornasolados nos indica la proximidad. ¿Será el polo norte? No pasará mucho tiempo aun cuando estaremos ingresando a la atmósfera de nuestro planeta. Es el momento más difícil y arriesgado de nuestro viaje, pero aun así el hecho nos colma de alegría y nos abrazamos todos con euforia y emoción.

—¡Tierra a la vista! —grita Marco como el vigía de aquellos antiguos bucaneros que desde la nave divisaba la tierra, aferrado a lo más alto del mástil. Y todos vemos al fin la Tierra que resalta en el fondo oscuro del espacio.

Por la escotilla abierta de la nave, entran unos rayos de luz solar. Nos quitamos las escafandras y, con la cabeza al descubierto, se siente la brisa suave de un día de primavera de nuestro planeta. Estamos en casa. Empezamos a salir uno a la vez y a bajar la escalera que nos conduce a la pista donde están esperándonos para conducirnos a nuestra base. Allí pasaremos el control de rutina y Gaia será sometida a un tratamiento médico de adaptación a la gravedad y atmósfera de nuestro planeta. La inmunización en Harcolabius ha mantenido sana a la niña durante los largos meses del viaje. Al contrario, sucede con nuestro sistema inmunitario, debilitado por los momentos que pasamos en ausencia de gravedad y que deberemos reforzar de inmediato. Llevo en brazos a mi hija que mira todo en silencio, con sorpresa y curiosidad. Un mes después, salimos rumbo a nuestros países de residencia, conscientes de un mayor nivel de evolución que ha hecho aumentar en cada uno de nosotros el número de neuronas cerebrales como resultado de nuestro contacto con los seres de luz y gas en el mar de Encelado y, desde entonces, como Tatiana se percató, sabemos que nuestra vida se ha prolongado.

EL CUMPLEAÑOS

IX

Todo con ella sucedía antes de lo esperado. Empezó a caminar sin que apenas lo notásemos. ¿Cuándo fue que se puso de pie por sí misma y cuándo fue que dijo su primera palabra? Solo lo podíamos relacionar con Emur, la primera palabra que pronunció y que nos permitió comprender por primera vez también lo que quería decir. A veces se caía y se volvía a levantar siempre por sí misma y repetía «Emur», hasta el día en que le enseñamos a decir papá y mamá. Desde que aprendió y lo repetía con cierto entusiasmo, Gaia estaba muy próxima a cumplir su primer año de vida.

Decidimos invitar a nuestros compañeros, a Marco, que era su padrino, Doris, su madrina, y a los demás. Vendrían todos, habían recordado que la fecha estaba próxima. Nunca podríamos olvidar nada de lo que habíamos vivido y compartido juntos, hacía además solo unos pocos meses.

Comencé a preparar un ciclo de conferencias que daría nuestro comandante Tim en El Planetario, al que me había vuelto a incorporar desde el regreso a nuestra isla antillana. Esperaba tenerlo todo listo e invitar a científicos y astrofísicos de varios lugares del mundo después del cumpleaños de mi hija Gaia, para lo cual Daniela y yo empezamos a preparar la fiesta en nuestra casa.

Los primeros en llegar desde Filadelfia fueron Tim y Doris, que venía cargada de regalos para Gaia y traía consigo el gran servicio fotográfico que había hecho con Daniela en Encelado. Sería una exposición para el público que se llevaría a cabo también en el mismo lugar.

Los siguientes días fueron un ir y venir al aeropuerto, porque todos venían en diferentes vuelos desde diferentes países. Llegó Igor desde Ucrania, Paco desde España, mientras que Antoni venía con Tatiana desde Rusia, ya que se casarían y el español había ido allá a conocer a la familia de ella. Fue una de las sorpresas que nos aguardaban, si no la mayor, ya que la verdadera fue la llegada de Marco desde Italia, con su novia, una condesa, italiana al igual que él y de la que nunca nos había hablado.

Bernarda Oliva D'Aspromonte se acercó a nosotros muy sonriente y nos tendió graciosamente la mano mientras con la otra se sujetaba, por el aire que corría, un enorme sombrero de un material nuevo que hacía recordar a la antigua paja de hacía más de un siglo y era de color blanco. Asomaba a los lados del sombrero su pelo rubio, liso y muy largo que el soplo del viento le revolvía. Vestida con una túnica de tela que tenía aspecto de lino, de color beige tenue e iridiscente, era una tela refrigerada especial para el trópico, atada a la cintura con un fajín que tenía un pulsante, el cual se accionaba para cambiar la temperatura del material del vestido, según la temperatura del ambiente. Marco, en cambio, vestía un enterizo de color blanco con partes negras, como la mayoría de nosotros, pero el suyo tenía luces que se iluminaban en distintos colores según el estado anímico del usuario.

Decía entusiasmado que esto era la última novedad.

Llegó el día de la fiesta. Nuestros compañeros alternaban circulando alegremente entre los lugareños. Algunos eran nuestros vecinos y trajeron a los niños para que Gaia los conociera y empezara así a tener amigos de su edad. Para ellos, la niña era diferente, la posibilidad de que fuese una harcolabiana los llenaba de curiosidad. Para ser su primer año de vida, todo le había ocurrido con mucha rapidez, nadie había conocido a un ser humano nacido en otro planeta. Ella, ajena a todo, corría de un lado a otro, a veces con pequeños gritos de felicidad. La torta grande y redonda con una única vela en el centro, todo estaba allí hasta que una mano, después supimos que fue la mano de Doris, presionó el brazo de la niña, intentaba levantarla para ayudarla a soplar la vela y segundos después un torbellino de luz azulada y transparente la envolvió hasta hacerla desaparecer delante de nuestros ojos. El cómo había sido teletransportada era lo que no se podía entender.

No, no es posible... Sí, ellos han venido y se la quieren llevar... debe de ser eso, porque recuerdo que dejamos allá las pulseras que nos dio Emur, repetíamos todos con frases entrecortadas por la ansiedad.

—¿Y dónde puede estar? —repetía Doris entre sollozos, se sentía culpable y no atinaba qué hacer.

—¿Y ahora? —me decía mientras empecé a llorar amargamente sin poder discernir en qué dirección ir para saber lo ocurrido. Yo era su madre y salí corriendo por la calle, sin rumbo, a buscarla...

Cuando la encontré, era de noche y estaba sentada a la orilla del mar en la playa, jugando con la arena. Daniel, que me había dado alcance y estaba conmigo, la tomó en sus brazos y los tres enrumbamos de regreso a nuestra casa. Al día siguiente, una radiografía en el hospital identificó en el brazo derecho de Gaia un pequeño chip, colocado por debajo del hombro. Entendimos que aquello había sido introducido por ellos poco después de su nacimiento. Pero no había quedado una cicatriz o señal que llamase la atención. Gaia podría en un futuro teletransportarse por sí misma donde y cuando quisiera.

MÁS ALLÁ DE LA TIERRA Y ENTRE LOS ANILLOS DE SATURNO

X

El sonido de una llamada telefónica interrumpió mis pensamientos. Sin levantarme del sillón en la sala, desde donde contemplaba la lluvia tropical a través del cristal de la ventana, alcé la mano y, con un leve movimiento de mis dedos en el aire, se abrió la comunicación, dando paso a una voz grave y contenida cuyo sonido, apenas perceptible, era ya una señal conocida para mí cuando el prefecto de la isla en la que vivíamos quería convocarme para algo que él consideraba de suma importancia. Dejándome llevar por el misterio que le imprimía, acepté encontrarme con él en el día y hora convenida, permitiendo que fuese él quien fijara la fecha y hora de dicho encuentro.

—Lo que el comandante Clark dirá en el ciclo de conferencias que está usted organizando en el planetario puede tener un impacto que no podemos calcular... —inició así el prefecto la conversación para la que me había citado la semana anterior con tanto sigilo.

—Sí —respondí—, pero hasta ahora solo hemos viajado por las cercanías del espacio y, aunque hemos logrado ya un gran adelanto, hay mucho más por descubrir.

—Los agujeros de gusano cuyo plano ha trazado el comandante nos podrán llevar dentro de no mucho tiempo a lugares que no imaginamos siquiera que existan...

Sin dejarlo terminar, me puse de pie y empecé a dar unos pasos por la habitación. Estaba preocupado también; entendí lo que mi amigo, que era la máxima autoridad de la isla, me quería decir. ¿A qué mundos podríamos llegar? Y, más aún, ¿con qué civilizaciones nos podríamos encontrar? Planeta Pensamiento y el planeta Harcolabius habían sido solo una casualidad… un azar que no había sido programado por nosotros.

—¿Cree usted que aquellos planos que nos fueron revelados por los seres de luz y gas no los conoce nadie más en el cosmos que un pequeño grupo de habitantes de nuestro planeta? —le respondí, como pensando en voz alta, mientras trataba de convencerme a mí mismo de que así fuese. Yo también temía una invasión a la Tierra de alguna civilización de conquistadores de otros mundos, tal como habíamos sido nosotros tiempo atrás en nuestro propio planeta.

—Es lo más obvio —me contestó y prosiguió—: siempre hemos imaginado historias referentes a guerras y monstruos de otros planetas que vienen a devorarnos y aniquilar nuestra cultura y civilización. Nuestras guerras ya no se centrarían entre nosotros sino con un enemigo común al que no podríamos hacer frente. Algo que sería probable o quién sabe, sabríamos defendernos, ¿no cree?

—También es obvia la pregunta: ¿por qué nadie ha llegado aún a la Tierra? —le dije, mientras observaba su expresión tensa y el nerviosismo con que se frotaba repetidamente el dedo pulgar y el índice por la barbilla.

—Pero si queremos proseguir nuestra exploración del espacio, esta es una oportunidad única de adelantar a niveles que no podríamos siquiera imaginar —eran mis últimas palabras; pensaba que ya solo quedaba tomar una decisión.

El efecto conseguido fue el de alentar en todos la imaginación que algunos tenían a flor de piel; aún aquellos que nunca habían sido capaces de imaginar algo durante su vida, salieron estimulados después de oír las palabras del comandante Tim. El ciclo de conferencias sobre la existencia de los agujeros de gusano, que por tanto tiempo había creado todo tipo de teorías, había llegado a su fin. A su fin también llegaron las dudas del prefecto para revelar lo que nos había sido transmitido en la cueva de Encelado. Había en la isla científicos y gentes de diversos países.

Los cafés y bares, restaurantes y lugares públicos de la isla rebosaban de gentes que comentaban el gran descubrimiento. Nada más parecía importar que el gran descubrimiento; algunos leían echados en la playa las revistas y miraban las portadas con expectación, como si se tratase del anuncio de alguna pócima mágica. Eran las entradas de estos agujeros de gusano, después de todo, túneles o portales de ingreso a otro universo y se empezaba a especular sobre la posibilidad de un metro extraterrestre capaz de conducirnos a diferentes mundos y galaxias o mejor aún, un metro intergaláctico que nos conectase en las afueras de la Vía Láctea.

¿Sería cierta la existencia de muchos universos?

—¿Podríamos desaparecer dentro de ellos y no regresar jamás? —me preguntó Doris, volteándose hacia mí angustiada, mientras ambas revisábamos el efecto final de la exposición de fotografías y videos de la luna Encelado que próximamente mostraríamos al público.

—Podría ser... —le contesté pensativa—. ¿No crees que es mejor que pensemos ahora en nuestro trabajo? —añadí—. Será una hermosa exposición, estoy segura.

—Sí, yo también lo creo. Volver a ver aquello será revivirlo todo de nuevo, algo que no deja de emocionarme y mucho. Podríamos llamar «Más allá de la Tierra y entre los anillos de Saturno» a nuestra exhibición. ¿Qué dices, Daniela?

—Me gusta mucho... —respondí de inmediato, mostrando abiertamente mi entusiasmo.

Esperamos a que pasara la euforia luego del ciclo de conferencias e inauguramos la exposición. Empezábamos a acostumbrarnos al éxito que conseguían estas convocatorias, que se podían definir como el espíritu del tiempo.

Una semana después, hacia el anochecer, los salones del planetario se atestaban de gente nuevamente con la inauguración de la exposición fotográfica que presentaban Daniela y Doris. En grandes letras se leía al fondo el título de la muestra: Más allá de la Tierra y entre los anillos de Saturno. Un murmullo incesante de voces animadas dejaba escuchar los diversos comentarios que denotaban una cierta familiaridad con la que se empezaba a mirar más allá de nuestro planeta.

¿Por qué este repentino silencio? Me pregunté mientras giraba la cabeza como veía hacer a los demás en dirección al ingreso, en el preciso momento en que Bernarda entraba. Ahora entendía ese silencio expectante, impactados por la belleza de la condesa, como empezaban a llamarla, llenándose la boca con expresiones de admiración, mientras ella se desplazaba alegremente entre los diferentes grupos de gente, saludaba a algunos y se detenía a conversar con otros. A mi lado estaba Marco, que la observaba con una disimulada sonrisa mientras la seguía con los ojos para no perderla de vista. A ratos regresaba donde él, que le pasaba el brazo alrededor de la cintura, abrazándola.

—*Amore... sono così felice* —le susurraba ella al oído y él la estrechaba con más fuerza.

—¿Por qué no nos dijiste nada?

—Por lo menos a mí, que soy tu mejor amigo proseguí sin dejarlo responder.

—Bueno, bueno, Daniel, está bien, pero tenía motivos para ello —me contestó.

—¿Cuáles motivos? —me había vuelto insistente y exigía una respuesta de mi amigo.

—Ella será parte de la tripulación en nuestro próximo viaje —me respondió.

—¿Quieres decir como tu compañera? —No pude disimular una amplia sonrisa de satisfacción por la felicidad de mi amigo.

Un viaje al espacio con Bernarda, ¿cómo sería? Era algo que todos empezábamos a preguntarnos a medida que el resto de la tripulación se enteraba de la novedad y a medida que conocían más a la condesa Oliva D'Aspromonte.

—Ella seguirá con su entrenamiento uno o dos años más como astronauta y después estará lista para incorporarse a nuestro equipo —me precisó Marco, mientras Bernarda asentía sonriente y tomaba de la mano a su prometido.

Doris, Daniela y Tatiana conversaban a poca distancia de nosotros. Nuestras mujeres de la tripulación la miraban de soslayo y luego se miraban entre sí con un solo pensamiento que estaba en la mente de las tres: ¿se llevarían bien con Bernarda?... ¿Sería capaz de soportar los largos viajes por el cosmos en ese estrecho contacto en que vivíamos durante un prolongado tiempo? Se la veía tan frívola y despreocupada.

—Puede que sea solo una apariencia —dijo Doris, rompiendo el silencio que se había creado entre las tres.

Afuera, el rumor del viento que sacudía las largas hojas y penachos de las palmeras anunciaba una tormenta tropical.

EL MATRIMONIO

Un alto edificio se erige en el centro del mar, no muy distante de la orilla. Su forma atornillada y cilíndrica como una espiral parece emerger con fuerza desde la profundidad del mar, donde tiene anclados sus cimientos. Es un hotel de reciente construcción, una novedad que encontraron a su regreso. Pertenece a una cadena de hoteles francesa que han sido construidos en medio del tranquilo mar Antillano, pero es el primero en esa isla y les llama la atención.

Daniel está sentado en la playa, cerca de la orilla del mar, con Daniela y Bernarda, que se aloja como los demás de la tripulación en aquel hermoso hotel que están admirando. Bernarda ha transcurrido el día en casa de ellos y está en espera de abordar la navecilla atada a un cable que hace recordar vagamente a las antiguas funiculares de hace un siglo o más, y que la conducirá de regreso al hotel. Finalmente, aparece a lo lejos el transporte y Bernarda se despide efusivamente de ellos y continúa saludando desde el aire a medida que se aleja en dirección al formidable edificio.

—Me gusta Bernarda —dice Daniel, apreciando el buen gusto de su amigo.

—Marco ha hecho una buena elección —le contesta Daniela—. Contrariamente a lo que creímos al principio, pienso que será una buena compañera. Es teatral —hay un disimulado tono celoso en la voz—, pero también es muy eficiente —añade.

—¿Teatral? Diría más bien que es sofisticada y refinada. Será una buena compañía para todos... estoy de acuerdo —concluye Daniel, disimulando su admiración.

Mientras, en el interior del hotel Arc en Ciel, que así se llama, están llevándose a cabo los preparativos para el matrimonio de Tatiana y Antoni, previsto para la siguiente semana.

Cuando llega el día, Tatiana aparece radiante sobre la amplia terraza que parece flotar sobre el mar transparente y antillano, que refleja toda su belleza bajo los rayos del sol del pleno día. Va del brazo de Tim, que es el padrino. Tatiana viste una malla adherente de color aluminio; la tela está elaborada con una técnica similar a la de los antiguos encajes de una época. Una esfera grande le cubre la cabeza, ocultándole el rostro que apenas se vislumbra. La esfera es de una especie de tul blanco, de aspecto almidonado. En las manos lleva un *bouquet* de flores de jazmín de las Antillas, que son flores típicas de la isla.

Antoni la aguarda al lado de Daniela, que es la madrina. Él viste una malla adherente azul marino que resalta su pelo castaño rojizo y el bronceado de los largos días de sol en la isla. Una pajarita de acero pulido le rodea el cuello. Un grupo de robots ejecutan un concierto de violines durante la ceremonia y, al final, firman el acta matrimonial en un papel electrónico.

Empieza la fiesta y los nativos, agrupados en forma de cuadrillas, bailan las danzas antiguas de las islas antillanas. La música se basa en la de los antiguos esclavos africanos traídos por los comerciantes y colonizadores europeos siglos atrás. A los asistentes les llama la atención los instrumentos de percusión, desconocidos en la actualidad y con los que logran ritmos básicos con algunas variaciones. Luego viene el Zouk, que es una síntesis de los estilos populares del Caribe de hace más de un siglo y se consideraba entonces la música más moderna. El ritmo, que parece monótono, termina por contagiar a Bernarda y a Marco, que se lanzan a la pista de baile mezclándose con los nativos mientras comienzan a bailar ellos también. La mano de Bernarda luce un anillo de gran dimensión que se evidencia con los movimientos de sus manos mientras baila.

—¿Viste el anillo? —me pregunta Doris cuando regresa con Tim de la pista de baile.

—Sí, lo noté —le contesto—. Es algo extraño —añado.

—Es una extraña piedra verde —prosigue mi amiga con esa expresión de alegría de quien ha descubierto un misterio, un enigma, algo que nadie sabe y que ella desea mostrar como un descubrimiento que solo le pertenece a ella y que, como una especial deferencia hacia mí, Daniela, su mejor amiga, desea develar—. No es esmeralda ni malaquita; lo he visto de cerca mientras bailábamos.

—Hace unos años leí que el color verde está relacionado con la quinta nota musical y con el calor. Hay algo que no te he contado, Doris —proseguí—, y es que una noche vi a Bernarda en la playa. Ella no se percató de mi presencia; me escondí detrás de un grupo de palmeras y vi cómo accionaba su anillo y le hacía emitir luces verdes. Creo que es una pequeña pantalla desde la que se puede comunicar a otro receptor e iniciar una conversación o quién sabe, una videoconferencia.

—¿Pudiste escuchar con quién hablaba?

—No pude —le contesté—, porque era apenas un imperceptible movimiento de los labios, como si emitiese sílabas y no palabras completas.

Después, ambas nos quedamos en silencio, meditando sobre nuestra conversación y con la intención de dejar para más adelante la tarea de investigar más a fondo cuanto habíamos descubierto.

Algunos días después, lo que nos pareció en un comienzo un misterio, se nos develó de la manera más simple cuando, en una conversación con Marco Rinaldi, este empezó a hablar de un antiguo proyecto que hubo muchos años atrás para captar señales y sonidos extraterrestres desde nuestro planeta Tierra.

—Hace pocos meses —nos comentó—, hemos recibido algunas señales que han tardado muchos años en llegar, cuando ya dábamos por olvidado aquel programa de búsqueda de alguna señal.

Esto era justamente a lo que Bernarda se dedicaba y el enorme anillo era una pantalla a través de la que recibía y transmitía sonidos, sílabas y voces.

—¿Sabemos quiénes son? —preguntó Daniel.

—Han dicho quiénes son, pero no entendemos de dónde vienen —contestó Marco.

—Ahora, con los planos de ruta de los agujeros de gusano, nos sería más fácil entender la posición —intervino Tim.

—Eso es para nosotros, pero los que envían las señales no pueden ver nuestros planos y, aun si los vieran, ¿cómo nos indicarían cuál ruta debemos tomar? —contestó Marco.

—¿Nos queda solo aventurarnos por rutas y conjurar nuestra buena suerte? —dijo Tim.

CINCO AÑOS DESPUÉS

—Sí... cinco años es el tiempo que tomamos en adaptarnos de nuevo a nuestra vida para poder empezar a prepararnos para otro eventual viaje en el espacio. Cinco años parecen muchos, pero no lo son. No para nosotros, cuyas vidas se han prolongado gracias al encuentro con aquellos seres de luz y gas. Aún no sabemos si haremos una nueva expedición ni qué camino o ruta nos trazarán de acuerdo también al nuevo descubrimiento de los túneles en el espacio.

Hoy, lo primero que veo al abrir los ojos temprano por la mañana, es una claridad, una luz que se filtra con fuerza por una rendija de la ventana y se precipita al suelo iluminando uno de sus tablones de madera. Es un rayo de sol del nuevo día, uno de tantos más de estos cinco años desde nuestro regreso. Todos los compañeros se han ido. Quedamos Daniel, Gaia y yo. Somos una familia.

Se oye ladrar a los perros en la calle y, cuando por fin callan, puedo oír el canto de los pájaros en el jardín de nuestra casa. Me siento parte de nuestro mundo de nuevo. Todo un engranaje que empezamos de nuevo a percibir desde nuestro regreso... La vida de la isla.

Gaia pronto cumplirá seis años y comenzará a ir al colegio. Aunque ha nacido en otro planeta, se parece inevitablemente a nosotros; no podría ser de otra manera. Lleva el pelo largo recogido en dos trenzas que me ocupo de hacerle cada mañana. Es de color castaño dorado y contrasta con los ojos de un verde claro casi esmeralda, que fue lo primero que nos llamó la atención desde su nacimiento. Es una niña libre que goza de una libertad mayor que sus contemporáneos. Se debe, en parte, a que ya sabe teletransportarse sola y, a su antojo, se traslada de un lugar a otro, algo que sigue sugestionando a los isleños, a pesar de que aquí en la Tierra, dentro de algunos años más, se cree y espera que podrá ser algo de uso común. Es el aporte de nuestros amigos los harcolabianos, que nos ha llevado a perfeccionar en menos tiempo lo que venimos investigando desde tiempo atrás. También sabe no atarse a la cotidianidad, se maravilla cada vez con las cosas como si fuesen un nuevo descubrimiento. A veces me pregunto si llegará a ser lo que ella espere cuando sea grande y, además, qué futuro le espera... Es sensible a la belleza, algo fácil de encontrar en cada rincón de esta isla.

Hace una semana ha llegado a la isla Bernarda con Marco. Estamos en el mes de junio, que corresponde a la estación de las lluvias y de los ciclones. El planetario vuelve a cobrar protagonismo con el nuevo ciclo de conferencias que dará la condesa, como ya se le conoce aquí.

Se trata del anillo que lleva en su mano y que durante el matrimonio de Antoni y Tatiana nos llamó tanto la atención. Y su significado empezará a tener un sentido para nosotros, tal cual lo tienen las letras de nuestro abecedario, que al juntarlas empezamos a descifrar alguna pequeña frase. Un aprendizaje nuevo como el de los niños que van al colegio y aprenden a leer.

A través de ese anillo y otros como ese, que llevan otras personas también integrantes del mismo proyecto, se han comenzado ya a interpretar signos recibidos y que tienen un significado.

—Quiero decir —prosigue Bernarda— que hemos logrado contactos con otra civilización...

—¿Y por qué no nos visitan? —pregunta con impaciencia un joven, que se levanta con ímpetu desde su asiento entre el público que asiste al evento.

—Ellos, los de esta civilización, no pueden aterrizar en nuestro planeta, que está en la tercera dimensión, porque están en una dimensión más alta que la nuestra y les resulta muy difícil bajar a dimensiones más bajas. Por esto se comunican solo a través de estos anillos que llevamos algunos de nosotros y que, en realidad, son computadoras... —responde Bernarda.

—Pero ¿algunos otros sí lo conseguirán, no cree? —es otra voz del público que hace la pregunta. Las preguntas se suceden a tropel.

—¿Y qué es lo que dicen?

—Solo nos han dado sus coordenadas en el espacio. Son de nuestra galaxia, pero no lo entendemos —contesta Bernarda.

—¿Y cuando eso suceda, es decir, que consigan venir...? —se inicia así un largo debate entre los asistentes. El tiempo ha terminado, pero la discusión prosigue más allá del horario establecido. Hay un temor en la gente. No están preparados para un encuentro con seres de otro planeta.

—Es lo que yo temía... podemos ser invadidos... —oigo la voz del prefecto que se dirige en voz baja a Daniel, mi marido, que está sentado a su lado.

—De suceder, es decir, que vengan, nada podremos hacer —aguzo con disimulo el oído para escuchar la respuesta de Daniel.

A la salida, sentimos el suave calor de los vientos alisios, calor que cuando se condensa provoca chaparrones. Nos detenemos bajo los portales en espera de que termine la lluvia y poder regresar a casa. La conferencia ha terminado.

Bernarda y Marco regresan a Italia al día siguiente, escapan así a la llegada del huracán que se anuncia para los próximos días. Nosotros empezamos a acondicionar el refugio subterráneo de nuestra casa, para escondernos del paso del ciclón, mientras una parte de nosotros sigue vagando por esos mundos en ruta por el cosmos.

3
AQUEL VERANO EN ARCACENTAURIS

PRÓLOGO

I

Hoy es martes, parece un día como tantos otros que tiene un mes, como tantos meses que tiene un año, como tantos años que tiene un siglo, como tantos siglos que tiene un milenio. Pero no uno de los tantos milenios a los que aún no hemos llegado; recién estamos en la segunda mitad del primer siglo del tercer milenio. Tampoco es uno de los tantos, porque hoy es un día especial para nosotros, desde que apareció esta mañana, en la pantalla de mi *tablet* enrollable, la carta de un notario que no conozco, donde me comunica la herencia que dejó para mí la tía Leonilde, una prima lejana de mi padre quien falleció hace un mes, víctima de una enfermedad desconocida. Nadie me ha explicado qué fue lo que tuvo y, sobre todo, por qué sucedió todo cuanto me han dicho diferentes personas allegadas a ella. Ante la duda, me abstengo de indagar y me limito a lo mío. Porque yo no he conocido muy de cerca a esta tía, más que nada ha sido lo que he oído hablar de ella en mi familia en el transcurso de los años. Por eso me sorprende, no sé si se puede decir sobremanera o mejor usar algún término menos ostentoso y decir solo: me causó una gran sorpresa... Una agradable sorpresa o simplemente una sorpresa.

Pocas veces sucede que alguien a quien has visto escasas veces, con quien has tenido esporádicos contactos y, en consecuencia, no puedes decir que la querías mucho y ponerte a llorar su pérdida, te deje un legado que transformará tu vida, sino de una forma radical, al menos en algo que se le parece. Hemos decidido, Daniel y yo, ir a tomar posesión del bien heredado y trasladarnos allá a empezar una nueva vida. Todo gracias a Leonilde, que nunca se casó ni tuvo descendencia alguna. Gaia, nuestra hija, está muy contenta con esta novedad. Es ya una niña de diez años, que del planeta Tierra, donde regresamos muy pocos meses después de su nacimiento en el planeta Harcolabius, solo conoce el único lugar donde ha vivido desde entonces, la que llamamos nuestra isla Antillana.

—Pienso —me dice Daniel— que tu tía Leonilde nos vio repetidas veces en fotos en los periódicos de diferentes países, leyó las entrevistas que nos hicieron sobre nuestros viajes por el cosmos...

—¿Nos admiraba entonces, eso quieres decir?

—Posiblemente —dice Daniel—, seguía de cerca nuestras experiencias, que pueden parecer increíbles.

—¿Recuerdas aquella entrevista que nos hizo Erton Montgomery?

—Sí —se ríe Daniel—, pero más que la entrevista, me gustó su última novela.

Y Daniel comienza a recordarme algunos pasajes del relato donde claramente se ve que se inspiró en nosotros y nuestros viajes por el cosmos.

—Es una buena novela que ya no podemos llamar de ciencia ficción —termina diciéndome Daniel.

Enciendo mi pequeña pantalla digital y busco la novela de Erton Montgomery. Allí encuentro un título: *Entre la bruma de las estrellas de alguna parte*, y comienzo a releer algunos de sus pasajes en los que supuestamente, como dice Daniel, se inspiró en nosotros. Las cosas comienzan a tener un significado para mí.

Es más... pienso que la tía Leonilde, al regalarnos una casa suya, quería pasar a la posteridad a través de nosotros. La mudanza traerá alguna nueva entrevista en la que explicaremos el motivo de nuestro nuevo lugar de residencia.

Se disponía a cenar dos huevos fritos que trataba de cocinar con dificultad. Era la bruma que emanaba de la estrella de enfrente la que le impedía ver con claridad, cuando distinguió un mandil blanco de pie a su lado. Supo así que la doctora Clelia, su esposa, había llegado para ayudarlo a despejar sus dudas y la niebla que lo obsesionaba desde que habían decidido transcurrir una temporada allá arriba, muy arriba lejos de la Tierra. Fue entonces que ...

Me esforzaba en seguir leyendo recostada en el sofá, el libro de Erton Montgomery, mientras Daniel empezó a jalarme hacia él, hasta que ambos nos encontramos tirados en el suelo. Sentí su cuerpo desnudo encima del mío y comenzó a besarme como hacía mucho que no lo hacía. Abrí las piernas sin apenas pensarlo para sentirlo dentro de mí como siempre lo había sentido desde que nos conocimos. Y pensar que había llegado a creer que en algún momento hubiese estado atraído hacia Bernarda, la novia de Marco, nuestro compañero de la tripulación. No... Daniel era mío y yo de él, y lo abracé con fuerza.

No había transcurrido mucho tiempo cuando sentí un ligero ruido, un crujido que venía del pasadizo que lleva a las habitaciones, parecido a alguien que camina sobre la escarcha. Era Gaia, que tomaba forma de nuevo después de teletransportarse. Me levanté y me dirigí hacia allí para cerciorarme y vi el último destello de luz un instante antes de visualizar su imagen. Estaba de vuelta del colegio. La tarde había transcurrido sin apenas darnos cuenta y ya empezaba a oscurecer. Al día siguiente comenzamos a preparar nuestro viaje a Europa.

II

La casa que heredé perteneció a Loris Burkin, un escritor inglés del siglo pasado. Tiempo después de su muerte, la casa fue puesta en venta y la tía Leonilde la compró. La puerta de entrada da directamente a la calle y, al abrirla, nos encontramos con una escalera de piedra que conduce al primer piso de la vivienda. Se encuentra en el centro histórico, así llaman aquí a la parte antigua de la ciudad. La ciudad, al mismo tiempo, se nos presenta como un viaje al pasado, un viaje que nos inspira deseos y emociones mientras contemplamos absortos los monumentos, las estatuas y las fuentes. En una de ellas, desde lo alto de sus tazones, el agua resbala hacia la tina que apoya en el suelo, creando un agradable sonido que nos infunde paz y silencio, porque la ciudad antigua está casi vacía. Gaia nunca imaginó que pudiese existir una ciudad como esta. Es eterna y fuera del tiempo. Nos llena de alegría tener todos los días los monumentos y las estatuas tan cerca y tan reales, y no terminamos nunca de ver lo que contiene. No quisiéramos pasar nunca por la tristeza de tener que irnos, aunque sabemos que ese día llegará.

Acá casi todos son ancianos que viven de recuerdos; la población joven vive en la ciudad satélite que queda en la periferia. Es la parte moderna con grandes pistas a desnivel y sobreelevadas que forman curvas que parecen perderse en el horizonte. Hay hermosos edificios de arquitectura futurista, como la suelen llamar. Esa parte de la ciudad se vuelve invisible para nosotros, ya que poco vamos por los extramuros. Esta parte histórica es el alma de la ciudad y cada cosa tiene su propio espíritu. La sentimos protegida por los dioses de la antigüedad y más allá, el centro del catolicismo al que acuden peregrinos de todas partes del planeta. Y debajo hay otra ciudad, más antigua aún, donde algunas excavaciones cubiertas por enormes cristales permiten vislumbrar el fondo de ruinas de una civilización muy antigua e imperial.

Muy cerca de donde vivimos hay un monumento llamado el Panteón, lugar donde están enterrados artistas y reyes de la antigüedad. Unos metros más allá se ubica nuestra casa, de dos plantas, que tiene casi seis siglos de antigüedad y buen estado de conservación. La planta de abajo tiene una gran terraza y los muretes que la circundan sirven de apoyo a las macetas. En la segunda planta se encuentran los dormitorios y hasta allí sube el aroma de las gardenias, Hay también camelias y algunas pequeñas macetas con petunias. La hiedra en las paredes y el perfume del jazmín se hace más dulce en el atardecer que apenas empieza. Hemos llegado a comienzos del verano y, por el calor agobiante, pasamos parte del día en nuestra terraza o en las plazas y calles. A veces, por la tarde, bajamos a sentarnos en una de las mesas de un bar cercano dispuestas en la calle para ver el atardecer, que refleja en los edificios un tono aleonado.

Todo lo hemos encontrado arreglado. Bernarda y Marco se han encargado de acondicionar nuestra casa para vivir y la obra de Bernarda tiene una belleza que nos sorprende.

Ha llegado el final del verano y los compañeros de Osa Mayor, nuestra nave espacial, han venido a la ciudad. Doris y Tim se alojan en nuestra casa, los demás van a un hotel a pocos metros de distancia de nosotros. Igor llegará mañana desde Kiev y, con él, ya estaremos todos.

Al día siguiente, por la noche, comienzan a llegar los amigos y compañeros a la reunión que hemos improvisado en nuestra casa. Me encuentro en la terraza desde donde se ve una pequeña plaza, cuando oigo una risa que me es familiar. Es la risa de Bernarda, que acaba de llegar con Marco. Con ellos viene Elías, que es un joven que veo por primera vez. Pienso, mientras lo observo, que es algún pariente de Bernarda. Cuando se quita las gafas de sol, encuentro su mirada fija y conturbadora. Mientras me da la mano enguantada y me dice su nombre, noto que tiene un extraño acento, diferente al de las personas de la ciudad. Elías tiene unos ojos grises que sorprenden por lo grandes que son, es de mediana estatura, de edad indefinida y aspecto joven. Gaia, que no está muy lejos, se aproxima y, apenas lo ve, exclama:

—¿Emur?

Algo que a Daniel, que se acercaba a saludar al recién llegado, y a los que estamos en el grupo, nos llama la atención. Mientras Elías mira a Gaia y le sonríe sin responder, ella lo abraza como si lo conociera desde siempre, al tiempo que insiste en preguntarle si es Emur, como si quisiera arrancarle la verdad. Una verdad que es a medias cierta: la niña ha intuido que el joven que tiene delante de ella no es como los demás que viven en el planeta Tierra y que es Emur, aquel harcolabiano que la vio nacer. Pero Elías permanece impasible ante la curiosidad de Gaia y sigue siempre al lado de Bernarda, que lo conduce de la mano a través de los demás invitados. Todos tratan de disimular la sorpresa que les causa este nuevo personaje, que a pesar de su silencio, comienza a ocupar todo el espacio y llena la noche con su presencia, aunque nadie pregunta quién es.

—¿Cómo detectó Bernarda la existencia de Elías? —oigo en la mañana temprano del día siguiente la voz de Doris a través de la ventana abierta de nuestro dormitorio, que se asoma desde el segundo piso a la terraza de abajo. Yo me acerco para seguir escuchando la conversación.

—Por el ruido electromagnético que su anillo es capaz de detectar —es la voz de Daniel, que intenta explicarle a Doris el uso que tiene este sensible detector, mientras le sirve un café que acaba de preparar.

—Ya recuerdo —dice Doris, como pensando en voz alta—, aquella noche en que vi a Bernarda en la playa con el anillo en su dedo, que emitía esos reflejos que parecían pequeños rayos intermitentes de color verde.

—Ahora sabemos que ese anillo sirve para contactar sonidos del espacio y vida fuera de nuestro planeta —dice Daniel.

—Ya sabemos bastante de eso con nuestros viajes, ¿no? —prosigue Doris...

—Pero es la primera vez que tenemos un extraterrestre viviendo entre nosotros —y con esta última frase de Daniel, mi sorpresa y curiosidad me llevan a bajar a toda prisa por la escalera de madera que conduce al salón y, en pocos minutos, me encuentro sentada con ellos en la terraza contigua al salón tomando el desayuno. Estamos frente a alguien que llega desde un lugar desconocido y, de nuevo, como siempre me sucede con los seres de otro planeta, me siento indefensa. Eso no quita que tenga un gran deseo de verlo de nuevo. El cielo empieza a oscurecerse, anunciando una tormenta. Se levanta un aire fresco que nos hace recordar que está por empezar el otoño.

Poco después, los cuatro salimos a encontrarnos con los demás miembros del grupo. La ciudad conserva su antiguo esplendor y ahora que ya no hay el agobio del tráfico de coches, motocicletas, peatones y la algarabía de antaño, parece resplandecer aún más. Mientras caminamos por la calle, nos acompaña el ruido de la lluvia que precipita con fuerza sobre el empedrado del suelo de la antigua calzada. Percibimos cada vez con más claridad el sonido del agua a medida que nos acercamos a la hermosa fuente de las tortugas, que así la llamaron porque tiene esculpidas en la parte de arriba cuatro tortugas apenas soportadas desde el borde por la mano de cuatro efebos colocados alrededor simétricamente. Parecen entrar a beber del agua que colma el cuenco superior de la fuente. Elías, que no cesa de mirar todo lo que ve a su paso, pregunta por las tortugas, pues nunca ha visto una. A medida que seguimos nuestro paseo, descubrimos fragmentos de antigüedad que están cercados por barandas o cubiertos por bóvedas de cristal para preservarlos y mantener la historia que comienza a olvidarse desde que el hombre empezó hace unos años a incursionar por el cosmos.

Desde que los jóvenes se mudaron hacia las afueras para construir la enorme ciudad del futuro, de los que quedaron en el centro, más eran los que habían muerto que los que estaban vivos. La plazuela, donde a diario funcionaba un mercadillo de frutas y verduras traídas de los huertos aledaños, estaba llena de gente cuando llegamos: Antoni y Tatiana, Tim y Doris, Paco, Igor, Marco y Bernarda, Daniel y yo, y María, la novia de Igor, que es también de Kiev, venía por primera vez con nosotros. Los que estaban allí nos miraban con curiosidad, porque éramos más jóvenes, o porque éramos extranjeros, no podíamos entender con claridad, porque aún no habíamos hablado con alguno de ellos. Nos miraban como si nos conocieran o como si quisieran poner sobre nuestro rostro una máscara con la cara de sus hijos y nietos o de los que se habían marchado al barrio moderno, como le llamaban.

También parecían mirarnos porque creían ver en nosotros un parecido con alguien que había muerto y nosotros empezamos a sentirnos poco a poco parte de ellos.

Pero a Elías, a pesar de su similitud con nosotros, lo miraban porque veían en él algo que lo hacía parecer diferente.

—¿Será que ese es extranjero? —escucho decir a una anciana señora de pequeña estatura, que cuchichea intrigada y en voz baja con su amiga.

—¿Cuál de ellos? —pregunta a su vez la otra.

—El de las gafas de sol.

—No, si casi todos ellos lo son —responde.

—¿Son ustedes aquellos astronautas de la nave Osa Mayor? —nos pregunta uno de los ancianos que finalmente nos reconoce y se decide a hablarnos.

Elías, que lo mira todo con arrobamiento, esboza una sonrisa como si aquel entorno le fuese familiar.

—Sí, somos la tripulación de Osa Mayor —responde Marco, que es de la ciudad, mientras se adelanta hacia donde se encuentra la fruta y comienza a escoger algunos racimos de uva. Alrededor nuestro se ha formado de inmediato un coro de voces que nos hacen todo tipo de preguntas y nos piden autógrafos.

Poco o nada sabemos de Elías y, después de caminar un buen trayecto, llegamos a un enorme parque que rodea a un palacete del renacimiento. Algunas personas circulan no lejos de las bancas donde nos acabamos de sentar.

—Elías —pregunta Tim, nuestro comandante—, ¿de dónde vienes?

Elías, antes de contestar a la pregunta de Tim, nos explica que ellos son esencialmente telepáticos, que su planeta está en la cuarta dimensión, pero que él ha aprendido a hablar nuestro idioma para poder comunicarse con nosotros. Finalmente, nos dice que viene de un planeta que es un planeta gemelo de la Tierra. Nos miramos todos con expresión incrédula, como si fuese la respuesta que buscamos desde hace mucho tiempo, un planeta gemelo de la Tierra, que podría ser al mismo tiempo un mundo paralelo y tantas preguntas que se nos vienen a la mente, pero que debemos ir paso a paso para comprender lo que este ser de otro planeta intenta explicarnos.

—¿Por qué debería ser solo un mundo paralelo? —escucho la voz de Daniel que habla con Marco.

—¿Quieres decir que también podría ser un mundo complementario? —responde Marco.

—No sé... —prosigue Daniel—, gemelo, paralelo, complementario y ¿por qué no positivo y negativo?

—La estrella que orbitamos —dice Elías— es una enana roja más pequeña que vuestro sol y nuestro sistema solar está a solo trece años luz de la Tierra. Algo que nos parece aún muy lejano, pero no para ellos cuyas naves, que alcanzan asombrosas velocidades desconocidas para nosotros, son alimentadas por las radiaciones que viajan libres e inagotables por toda la galaxia.

—¿No usan combustible? —le pregunta Tim.

—No conocemos eso... —le responde Elías, que es un ingeniero aeronáutico al igual que Tim, y prosigue su relato—. Salimos hace mucho tiempo de nuestro planeta en busca de una civilización desaparecida, pero nos perdimos en algún lugar de la galaxia que no conocíamos. Allí permanecimos por un tiempo que no logramos calcular con exactitud. En esa zona de la galaxia, el tiempo transcurre con mucha más lentitud que en nuestro planeta. Nosotros también envejecemos, aunque más lentamente que ustedes, y llegamos a vivir unos trescientos años aproximadamente, aunque en aquel lugar donde nos extraviamos, el envejecimiento parece haberse detenido.

—¿Cómo salieron de allí, es decir, del lugar donde se perdieron? —interviene Igor, que ha estado callado escuchando atentamente la historia.

—Una fuerza desconocida nos precipitó dentro de un remolino que nos impulsó hacia afuera y finalmente logramos salir. Fue entonces cuando vimos a lo lejos una pequeña nave y la empezamos a seguir a distancia, por temor a ser atacados, y así llegamos al planeta Tierra. Aquí aterrizamos y permanecimos ocultos hasta que Bernarda detectó mi señal con su anillo, mientras yo deambulaba escondiéndome temeroso por esta parte del planeta.

Recordé en ese momento la nave que vi a lo lejos cuando regresábamos algunos años atrás de nuestra misión a Encelado. Recuerdo haberla visto a lo lejos y el temor que también sentimos nosotros de ser atacados por seres de mundos desconocidos.

—¿Eran ustedes entonces? —le pregunto, contenta de haber resuelto una incógnita—. Elías —le digo—, yo me llamo Daniela —y comienzo a recordarle los nombres de los demás compañeros de nuestra tripulación.

Oigo la voz de Igor mientras se aleja del grupo para hablar con Daniel y Marco:

—Lo que ha contado Elías sobre el lugar en que se perdieron en el espacio, me hace recordar al Triángulo de las Bermudas, aquellas historias sobre desapariciones de aviones y naves que nunca hemos podido demostrar si se trata de algo real, si los que se supone que quedaron atrapados allí, están aún con vida, si aún permanecen allí y, sobre todo, en qué lugar se encuentran.

—Casi no lo recordaba —responde Daniel—, nunca más se ha hablado de eso...

—Sí... podría parecerse —dice Marco—. Según lo que nos ha referido Elías, me hace pensar que ellos, los de su nave, no se dieron cuenta de que posiblemente no llegaron a perderse, sino que quedaron en aquel lugar del espacio que refiere sin poder salir, porque estuvieron atrapados allí. Tampoco pudieron calcular el tiempo en que permanecieron en el lugar, ya que el tiempo, según dijo, transcurre de otra manera.

—Cada vez estoy más convencido de que fuera de nuestro planeta, aún en nuestra galaxia, el tiempo tiene diferentes formas y velocidades —dice Daniel. —Muchos tiempos —dijo Igor—, muchas formas, muchas velocidades, muchos mundos, múltiples universos, y si así fuese, ¿cuáles estarían disponibles para nosotros?

—Quién sabe, uno solo, el nuestro —responde Elías, que se acaba de incorporar al grupo.

—Dos mundos paralelos en nuestro universo —dice Igor—, parece sencillo pensar en algo similar. Sería algo que ya hemos visto, algo que recordamos. Esto en el caso de que llegáramos allí algún día...

—Allá, en las Pléyades, de donde vengo, tenemos apariencia humana muy similar a la vuestra, aunque nuestros ojos son más grandes. En el cúmulo de las Pléyades —prosigue Elías—, las estrellas son jóvenes, brillan cientos de veces más intensamente que vuestro sol y son de un color blanco azulado. Somos un pueblo de navegantes, queremos entender el mundo que nos rodea.

—¿Y dónde están los demás? ¿Y vuestra nave? —pregunto—. Tenemos una base aquí en la Tierra desde que hemos llegado. Está en un lugar oculto no muy lejos de donde se encuentran ustedes. Yo soy el único que ha salido de nuestra nave. El resto de la historia ya la sabéis.

III

—Somos polvo estelar de Andrómeda cuando estalla y forma planetas. Vivimos en uno de los muchos universos gobernados donde un cálculo preciso de números es propicio para la vida —dice Elías.

—¿Acaso hay otros donde la vida no sería posible? —pregunta Daniel.

—Así es —responde Elías—, tendrían un cálculo de probabilidades, ecuaciones y números donde la vida no sería posible.

—Si el todo se compone de una perfecta exactitud, una pequeña alteración o un desbalance de esta podría dejar de ser un lugar hospitalario.

—Con la probabilidad de que no encontraríamos otro universo disponible para nosotros —continúa Daniel—, aquí también sabemos ya algo de esto. La conclusión sería similar a un solo organismo entrelazado, relacionado entre sí en una dimensión tan grande que nos es muy difícil concebir.

Camino de regreso a nuestra casa, no muy lejos del lugar en que nos encontramos, nos desviamos hacia una pequeña plaza desde donde proviene un sonido musical que nos llama la atención. Mientras Daniel prosigue enfrascado en la conversación con Elías, nos aproximamos todos a la iglesia de donde nos llega esa música sagrada. Cuando entramos, una hermosa luz de un intenso color amarillo ilumina el interior de la iglesia al comienzo del anochecer. Todos hemos quedado en un silencio reverente mientras alzamos la vista hacia arriba y vemos en lo alto el órgano barroco, que sigue sonando, suspendido entre tallas de madera dorada rodeado de figuras de estuco blanco. Algunos querubines parecen volar alrededor entonando melodías celestiales. La puerta de la iglesia de la Magdalena, que así se llama, se asoma sobre la plaza del mismo nombre cerca del Panteón.

—Dicen que aquí está enterrada María Magdalena —me dice Doris.

—¿Quién es María Magdalena? —pregunta Elías con su acostumbrada curiosidad por todo lo que ve y escucha.

—Una prostituta de los tiempos bíblicos —le responde Doris.

—¿Prostituta? ¿Qué es?

—Es la persona que tiene relaciones sexuales con otra a cambio de dinero, sin afecto ni cariño.

—¿Por qué hacer del sexo un problema? —dice Elías, que empieza a entender algo más de sus nuevos amigos del planeta Tierra—. En Arcacentauris, nuestro planeta, cuando un pleyadiano, quiero decir uno de nosotros, es el equivalente de un adolescente vuestro en la pubertad, ya tiene su pensamiento puesto en la búsqueda de un compañero, pero no en la forma en que lo hacen ustedes acá en la Tierra. En nuestra cuarta dimensión, el reconocimiento es instantáneo; cuando dos personas se unen y se acoplan, no tienen duda alguna en reconocerse. Durante el tiempo de búsqueda, no van durmiendo con uno y con otro. El pleyadiano no se excita sexualmente con otro que no sea su pareja; solo siente la excitación y una profunda felicidad cuando encuentra a su compañero. En la Tierra es lo contrario: se sienten atraídos por alguien y luego deciden o no hacerlo su compañero.

—¿Conocen la fantasía sexual? —pregunta Doris, que parece decidida a conocer el tema del sexo en un extraterrestre con mayor profundidad.

—No —dice Elías—, no conocemos eso. Lo más parecido para nosotros es imaginar cuándo llegará a nuestra casa la pareja y pensar en lo maravilloso que será tenerla en los brazos. Todos nuestros pensamientos desde ese momento irán dirigidos solo hacia nuestra pareja y para toda la duración de nuestra vida.

Marco me dice en voz baja lo aburridos que le parecen estos pleyadianos y no puede contenerse de formular su pregunta:

—¿Y a qué se debe este comportamiento vuestro? ¿Es moralismo?

—No sé qué es moralismo —responde Elías, con un tono que interpretamos como ingenuo—. Son las codificaciones de nuestros genes y por eso no podríamos tener relaciones con un habitante de la Tierra.

—En nosotros —intervengo—, creemos que el desarrollo del hemisferio derecho del cerebro se relaciona con un pensamiento menos conservador y conformista. El cuestionamiento lo consideramos constructivo y el pensamiento libre es propio de las personas muy creativas.

Doris añade:

—Es que esas son nuestras codificaciones genéticas, Daniela.

¿Habían encontrado estos seres el secreto de la felicidad? En una perfecta monogamia parecía encerrarse la fórmula que para muchos de nosotros era algo difícil de practicar, mientras para ellos era algo perfecto y natural que, a la vez, hacía de sus vidas algo más simple. Entre nosotros se habían dado algunos casos en que se llegaba a cometer asesinatos, traiciones o abusos. A veces, la frustración de no haber encontrado la pareja que habíamos soñado, los celos de que otro nos la quitara, nos podían llevar a actos de violencia. La inconformidad que generaban estas situaciones podía, en muchos de nosotros, llevarnos a una vida perdida inútilmente en la búsqueda de ese alguien en quien reflejarnos. ¿Era entonces algo solamente genético como decía Elías?

¿Y qué sucedía con Daniel? Proseguía con mis cuestionamientos camino ya de regreso a casa. ¿Es él mi pareja como lo sería para una pleyadiana? ¿Hasta cuándo Daniel iba a ser algo incuestionable para mí? Sin ninguna duda, sin ningún reproche, aunque comenzaba a ver en él algunas actitudes con las que no me sentía conforme, sobre todo desde que llegamos a Europa. Veía que él había cambiado, tenía otra actitud hacia las cosas y situaciones nuevas que estábamos viviendo. ¿Acaso no lo habíamos decidido los dos? Trasladarnos acá había sido una decisión tomada en conjunto, en parte también para nuestra hija Gaia, que no conocía su planeta. Estar lejos de la dirección del planetario allá en nuestra isla antillana empezaba a hacer mella en Daniel.

A pesar de que había sido invitado a diferentes lugares para dar conferencias sobre astrofísica, que era lo suyo, asistía al planetario de la ciudad ubicado en la zona moderna, con unas instalaciones más avanzadas que las que teníamos en la isla. A Daniel algo le faltaba y, en el querer comprender lo que para mí no tenía explicación, comencé a sentirme sola y la insatisfacción, a pesar de la belleza que me rodeaba, empezó a apoderarse de mí.

¿Habíamos sido felices en aquellos viajes por el cosmos algunos años atrás? ¿O solo habíamos vivido experiencias alucinantes que habían alterado nuestro equilibrio anímico a pesar del entrenamiento que habíamos recibido? ¿Estábamos preparados realmente para descubrir el cosmos como empezábamos a hacer? ¿Nos guiaba un espíritu de aventura, un deseo del hombre desde siempre, desde su existencia en la Tierra, que era el de conocer su entorno y que ahora, a medida que avanzábamos en conocimientos, iba cada vez más allá? ¿Acaso no era la vida que habíamos escogido y, en mi caso, el casarme con él, no era un incorporarme a esa vida también?

Los demás regresaron al hotel y Daniel y yo llegamos a casa, donde encontramos a Gaia que nos esperaba para cenar. Luego me acosté y, como para interrumpir pensamientos con los que no quería seguir por temor o incertidumbre, apoyé mi cabeza sobre la almohada y me refugié en un profundo sueño. Mañana sería otro día...

IV

Fue por lo que le sucedió a Elías que vine a saber que los lagartos y las salamandras son algunos de los animales de nuestro planeta capaces de regenerar sus miembros y hacerlos crecer de nuevo. Los lagartos regeneran su cola cuando esta ha sido cortada, a veces por el mismo animal cuando su cola ha quedado atrapada. El animal contrae con tanta fuerza el músculo que rompe la vértebra, perdiendo así la cola para poder escapar. A esto le llaman autonomía intravertebral. La nueva cola, que resulta de una compleja estructura de regeneración, consiste en el crecimiento de nuevas células sobre tejidos ya existentes en lugares determinados de sus colas y tarda algunos meses en salir. La nueva cola será igual a la anterior, aunque a veces queda alguna señal en la parte donde fue cortada.

En un relato, se entrelazan algunas historias que parecen otras, como en nuestra vida, un sucederse de diferentes relatos no parecen tener conexión entre sí. Tenemos un pasado, el ya vivido, al que se sobrepone otro, el más reciente, y es pasado también. Todo lo pasado no resulta posible eliminarlo en su totalidad; así lo vamos archivando en una memoria para liberar el espacio del próximo presente que en breve se convertirá también en un siguiente pasado.

Después del accidente de Elías, todo lo que he vivido hasta ahora da lugar a una transformación de los acontecimientos. Además del comunicado escrito que recibió Daniel, en el que lo nombran para reemplazar a un astrofísico chino que ha sufrido un infarto al corazón en la Estación Espacial Internacional. Es un reemplazo que durará un año aproximadamente. Y Daniel acepta.

Una mañana de invierno decido llevar a Elías a conocer el Foro Trajano. Nos acompañan Marco y Bernarda, cuyo palacio familiar, ahora convertido en museo y que data de la época del Renacimiento, se encuentra no muy lejos de allí. La condesa Bernarda D'Aspromonte pertenece a una de las familias de noble estirpe más importantes de la ciudad. Nos dejamos conducir por ella al lugar donde se encuentran los mercados trajanos, que fueron restaurados y abiertos al público años atrás y que se han convertido en lo que se puede llamar el primer museo de arquitectura antigua. Una gran extensión que alberga los museos de los foros imperiales, donde hay cantidad de fragmentos originales de mármoles, así como moldes de yeso, algunos de ellos de gran tamaño, que se encuentran en el mercado trajano. Alberga también la basílica Ulpia y el templo de Trajano.

Nos detenemos ante el obelisco, una enorme columna de treinta y ocho metros de altura que mandó a construir el emperador romano Trajano con el producto de un botín de guerra. Una espiral con bajorrelieves que conmemoran las victorias de Trajano rodea el obelisco y, desde la base, se enrosca hacia la parte más alta hasta llegar a la cima, donde se encuentra la estatua de Ulpio Trajano, el emperador. Elías retrocede y se coloca en la calzada para mirar el obelisco a distancia, sin percatarse de que un vehículo pasa a velocidad y lo arroja al suelo. Es un vehículo eléctrico, como todos los pocos que circulan por el centro histórico de la ciudad para el transporte de turistas y ciudadanos.

La pierna de Elías queda atrapada bajo la rueda delantera y todos tememos que, al moverse hacia atrás o hacia adelante el pequeño autobús, termine de destrozar la pierna de Elías. Decidimos llamar una grúa para levantar el vehículo y liberar la pierna de nuestro amigo. Mientras él permanece impasible y, a pesar del dolor que vemos en su cara, cierra los ojos y pega un tirón con tal fuerza que libera su cuerpo, dejando bajo la rueda la parte atrapada de su pierna. Marco corre a su lado y le ayuda a ponerse de pie, al tiempo que recoge las gafas de sol que con el impacto cayeron al suelo y se las coloca nuevamente. Es la forma que Bernarda ha encontrado para ocultar unos ojos muy diferentes a los nuestros, algo que podría llamar la atención de los transeúntes.

No quiere ir a un hospital, prefiere caminar saltando sobre la única pierna que le queda, abrazado a Marco y a Bernarda hacia la casa de ella, donde está alojado y permanecer allí. De su pierna solo ha quedado un muñón a mitad del muslo, donde la sangre, de un color rojo claro ligeramente rosáceo, se ha coagulado casi de inmediato formando una especie de gelatina que lo recubre y protege.

Momentos después, Marco regresa al lugar del accidente para esconder la pierna en una bolsa y desaparecerla. No sabe dónde ir y se encamina finalmente por una pequeña calle sin salida, donde encuentra un contenedor de basura.

Finalmente, arroja allí la bolsa y sale caminando mientras mira en todas las direcciones para asegurarse de que nadie lo ha visto. Es un pedazo de pierna de un extraterrestre que nadie debe saber que se encuentra entre nosotros, aunque por la calle, a veces, la gente mira extrañada a Elías sin entender bien de quién se trata. ¿Es la manera de caminar erecto y de pasos largos, o los guantes a medida que le hizo Bernarda para ocultar sus manos con cinco dedos, todos del mismo tamaño?

Ha transcurrido una semana desde aquella mañana y Elías parece retomar fuerzas después de nuestros cuidados, cuando empezamos a notar en lo que ha quedado de su pierna un blastema, que es un conjunto de células que se forma en la punta de un muñón. Luego las células vuelven a crecer y, a partir de esto, empieza a salir una parte que se alarga y termina en punta. Vemos, después de algunas semanas más, que en esta punta comienzan a formarse los dedos del pie. Un par de meses después, el pie está completamente formado y la pierna ha crecido al mismo tamaño que la otra. Nadie podría notar alguna diferencia entre ambas extremidades.

—¿También esto se debe a ingredientes genéticos? —pregunta Daniel.

Elías lo mira sonriente.

—Para regenerar un miembro, se activan una gran cantidad de genes diferentes, incluidos los que hacen posible el desarrollo de los embriones y la cicatrización de las heridas. Es un patrón que tenemos distribuido a lo largo de los tejidos, una compleja estructura que consiste en el crecimiento de nuevas células —responde Elías.

—He leído sobre los lagartos, entre otros, que pueden regenerar su cola.

—Entonces ustedes también podrían hacerlo —me contesta Elías.

—¿Cómo? —preguntamos al mismo tiempo.

—Es una receta genética, la regeneración de la cola de vuestros lagartos. Siguiendo esta receta, podéis empezar por regenerar cartílagos, músculos e incluso médula espinal en un futuro.

Paco, el médico de nuestra tripulación de Osa Mayor, se refirió una vez a una investigación sobre esto, algo a lo que no dimos mayor importancia. ¿Nos encaminamos nosotros también hacia eso?

Las siguientes semanas, Bernarda y yo nos dedicamos a acompañar a Elías a una clínica de rehabilitación que queda en la parte moderna de la ciudad. Su pierna nueva necesita activar los músculos endurecidos y la articulación, que es muy similar a la nuestra. Es así como los médicos y fisioterapeutas se enteran de que Elías es un extraterrestre, que vive escondido y protegido por nosotros.

V

Hoy por la mañana se ha concretado finalmente la fecha en que Daniel debe partir hacia la base para incorporarse a lo que será su próxima misión. Como ya lo sabemos desde hace unos meses, irá a la Estación Espacial Internacional para reemplazar al astrofísico chino que ya se encuentra de regreso a su casa después de haber estado ingresado en un hospital a raíz de sufrir un infarto en la estación espacial.

Es la primera vez que irá solo a una misión, sin sus compañeros de Osa Mayor y sin mí, que soy su esposa. A pesar de esto, a Daniel lo veo contento y, al llegar el día de la partida, se levanta muy temprano. Gaia y yo lo acompañamos al aeropuerto, donde tomará el avión que lo conducirá a la base. Desde allí, después de un tiempo, partirá hacia el espacio. Antes de abordarlo, me abraza y me besa estrechándome contra él. Pero después me aparta y me mira fijamente sin decir una palabra, como si fuese la última vez que me ve. Es la primera vez que se separa de nosotras y una extraña sensación se apodera de mí, porque lo amo. Ante el miedo de que un cambio o un final se avecinen, mis ojos llenos de lágrimas lo miran fijamente también.

De regreso a casa, siento un sufrimiento que intento contener. Sin él, la casa está vacía, aunque su huella está en todas partes. Me embarga un sentimiento de soledad y libertad al mismo tiempo.

Desde ese momento, decidí emprender un peregrinaje por la ciudad visitando museos, exposiciones de pintura y demás manifestaciones artísticas, para lo cual me trasladaba a la zona moderna, futurista como algunos la llaman. A veces acompañada por Bernarda, con la que he hecho una buena amistad. Ella es muy diferente a lo que aparentaba o nos pareció ver en ella a las mujeres de nuestra tripulación cuando la conocimos pocos años atrás en la boda de Tatiana y Antoni en nuestra isla Antillana. Culta y refinada, además de tener una buena preparación como astronauta, algo que ella había escogido ser en su vida. A veces pensaba si habría elegido esta vida por Marco, a quien amaba de verdad y con el que pensaba pasar el resto de su vida. Ambos habían nacido en la ciudad donde ahora vivíamos nosotros también.

Desde la partida de Daniel, habían transcurrido algunos meses. En ese lapso de tiempo, había tenido pocas noticias de él. En dos ocasiones lo había podido ver en la pantalla de mi tablet enrollable mientras filmaban la vida de ellos a bordo y el mensaje que nos envió a Gaia y a mí. Daniel sentía nuestra ausencia, aunque su trabajo de investigación del cosmos, a lo que dedicaba la mayor parte de su tiempo, era la verdadera vocación de su vida.

Elías había hecho una buena amistad con su terapista. Le estaba muy agradecido por cuánto le había ayudado a poner en función su nueva pierna. Fermín Gredes, que así se llamaba, era un hombre joven de piel morena y de pelo muy negro, cortado pequeño y peinado hacia adelante, algo similar a como lo llevaban los antiguos romanos y que a él, que tenía el aspecto típico del mediterráneo, le sentaba muy bien. Era de padre español afincado en la ciudad y de madre del sur de Italia. Vivían en la parte moderna de la ciudad y fue allí donde lo conocí. Elías vino con Fermín Gredes a darnos el encuentro a la salida de un restaurante donde fui a comer con Bernarda y unos amigos de ella.

Fermín Gredes era una de las novedades que Elías tenía para nosotras, la otra era que pronto partiría de regreso a Arcacentauris, su planeta, y quería llevarnos a conocerlo. Observé la expresión de Bernarda, sería su primer viaje por el cosmos y no podía disimular su euforia. Pensé en Daniel. ¿Cuándo partiríamos?

Le pregunté a Elías, contagiada por el entusiasmo.

—Arcacentauris, el planeta donde vivo, recibe un cuarenta por ciento más de calor de su estrella que el que recibe la Tierra de la suya, que ustedes llaman el Sol —empezó a explicarnos Elías.

—Así que es mucho más caluroso que la Tierra.

—Mucho más... —me respondió Elías—. Es necesario que llevéis trajes de tejido especial, sé que acá los fabrican.

Poco después, nos encaminamos los cuatro: Elías, Fermín, Bernarda y yo a unos grandes almacenes y nos dirigimos a la sección de tejidos especiales.

—¿Tienen trajes enterizos de tejidos refrigerantes? —preguntó Bernarda a una empleada del almacén.

—Por aquí, por favor —una voz amable nos orientó hacia la sección que buscábamos.

VI

Telmarwyn

Una vez llegados a Ostia, la playa más cercana a la ciudad, caminamos hacia la orilla. Era una tarde soleada cerca del final de una primavera especialmente tibia y clara. No pasó mucho tiempo cuando Marco, Bernarda, Fermín Gredes, mi hija Gaia y yo, que permanecíamos sentados en la orilla desde hacía algo menos de una hora mientras esperábamos a Daniel y a Elías, vimos asomar sobre la superficie del mar una enorme lámina curva plateada y brillante, aún más por el reflejo del sol, que emergía desde el fondo marino y con lentitud se elevaba mostrando su forma redonda. Era un enorme disco, ligeramente curvado en el centro. Había pocas personas en la playa, algunas parejas que habían ido a pasar unas horas en solitario, aprovechando los primeros rayos de sol antes del nuevo verano. Miraban atónitas sin comprender lo que era aquel extraño objeto. Algunos salieron a toda prisa del lugar, otros, menos temerosos, esperaron para ver el final, pero al poco se fueron también.

Nos habíamos quedado solos en la orilla, cuando Gaia que había vislumbrado a su padre a lo lejos, se levantó de prisa y echó a correr a su encuentro. Elías venía con él. Transportaban en el vehículo que conducía Daniel, una enorme caja que contenía nuestros equipos y lo necesario para el largo viaje que estábamos por emprender en una nueva aventura por el cosmos. Conoceríamos Arcacentaurus, el planeta de Elías.

Daniel estaba de regreso desde hacía pocas semanas de la estación espacial internacional. Había obtenido la autorización para poder realizar este viaje con nosotros. Así volvimos a estar juntos, aunque esta vez la tripulación de Osa Mayor, ya no era la misma. Faltaban la mayoría de nuestros compañeros. Elías había incorporado a Fermín Gredes que no era un astronauta. Era su fisioterapista en aquella clínica de medicina física de la ciudad. Alguien que no había recibido preparación ni entrenamiento alguno para una expedición como la que estábamos por llevar a cabo. Confiábamos en Elías y su tripulación a la que estábamos a punto de conocer.

La nave de forma circular al fin se mostraba ante nosotros en su formidable tamaño. Luego de salir a la superficie, se elevó dirigiéndose hacia la playa y se detuvo inmóvil flotando en el aire a cierta distancia de nosotros. Tuvimos que abordar nuestro vehículo para darle alcance. Una vez allí, parados debajo de la nave, vimos abrirse un espacio en la parte inferior y poco después asomó una plataforma que empezó a descender lentamente hasta el suelo. Luego de colocar sobre ella nuestro equipaje, nos colocamos todos nosotros también y esta empezó a elevarse de nuevo. Y cuando llegamos a la gran abertura que era la entrada, Elías se volteó hacia nosotros y nos dijo:

—Desde ahora, yo soy Telmarwyn.

—¿Telmarwyn? —comentó Bernarda en voz alta y todos nos miramos asombrados.

—Ese es mi nombre —le respondió él sonriente.

Caminábamos todos juntos y despacio. Imponía respeto aquella nave, un microcosmos suspendido en el aire. Telmarwyn iba por delante para mostrarnos el camino. No se podía negar que sentíamos la aprensión que siempre se manifestaba ante lo desconocido. Nos preguntábamos en voz baja cómo serían los demás miembros de la tripulación. Telmarwyn era el comandante de la nave, al igual que nuestro comandante Tim, que se había quedado en Filadelfia con Doris, su mujer.

Una vez que terminamos de recorrer el ancho túnel de ingreso, rodeado de ventanas panorámicas desde donde se podía apreciar el atardecer y el sol que a lo lejos empezaba a ocultarse en el horizonte, nos encontramos en un área circular de una regular dimensión. Allí nos aguardaban los miembros de la tripulación, de pie en silencio y sonrientes, con gestos amables nos dieron la bienvenida. Telmarwyn les había informado sobre nosotros y sobre el cuidado que le habíamos dado en su estadía en nuestro planeta. Ellos habían temido que pudiésemos haberlo matado.

Eran, a simple vista, entre diez y quince extraterrestres, los compañeros, como íbamos a empezar a llamarlos desde ahora, ya que pasaríamos una larga temporada con ellos. Todos tenían los ojos muy grandes, al igual que Telmarwyn; la mayoría los tenían de color gris, unos pocos de un tono amarillo verdoso. El pelo, terso y alisado, era de un castaño rojizo en algunos y en otros de un tono más oscuro hacia el marrón. Telmarwyn empezó a nombrarnos uno a uno, para después hacer lo mismo con ellos. Así, las presentaciones fueron hechas. Era imposible poder recordar cómo se llamaban, confiábamos en que más adelante, con la costumbre, nos sonarían más familiares, pues eran nombres que no habíamos oído jamás. Por último, la compañera de Telmarwyn era parte de la tripulación.

No se podía retrasar la partida y, casi de inmediato, nos llevaron al lugar donde todos nos acomodamos para el despegue. En vez de butacas como las que teníamos en nuestra nave Osa Mayor, ellos usaban unas tarimas fijadas al suelo, que tenían la altura y el tamaño de una camilla de las que usamos en los hospitales en nuestro planeta. Allí nos hicieron recostar y nos ataron con unas cinchas especiales para asegurarnos y luego ellos se ataron también. Faltaba solo Telmarwyn y sus dos copilotos que iban con él en el puesto de mando.

La nave empezó a girar despacio para luego tomar una velocidad vertiginosa. Giraba sobre sí misma como un trompo, cada vez más y más. Parecía una centrifugadora y todos empezamos a vomitar. Había ruido y parecía que íbamos a explotar, tal era la presión que percibíamos en la cabeza y sobre todo en los oídos. Poco después, sentimos un tirón tan fuerte que, sin las amarras que nos habían puesto, hubiésemos salido despedidos por el aire para darnos un golpe mortal. Instantes después, nos encontramos volando a una velocidad inimaginable. Todo había terminado, todo era silencio y la nave comenzó a desplazarse a una velocidad mayor que la luz.

Telmarwyn nos explicaría después que aquel hacer girar la nave sobre sí misma a tal velocidad antes de desplazarse era para recargarla, extrayendo la energía que se genera del movimiento de las estrellas en relación con el centro galáctico, que era como el combustible para nosotros. Solo así lograban impulsarse más rápido que la luz.

Una vez estabilizada la nave, nos desligaron de las cinchas y nos pusimos de pie. Nos invadió de inmediato una sensación de mareo. Uno de los miembros de la tripulación vino a buscar a Marco y a Daniel para conducirlos al puesto de mando.

—Qué grande es esta nave —le comenta Daniel a Marco mientras se dirigen al puesto de mando.

—Parece que estuviésemos detenidos en el espacio —advierte Marco apenas encontramos a Telmarwyn, que sale a recibirnos.

—Es solo una impresión, estamos en velocidad de crucero, que es mayor que la velocidad de la luz —nos explica el comandante.

—¿A qué distancia estamos de Arcacentauris? —le pregunté.

—A unos trece años luz —respondió.

—Pero ¿cuándo llegaremos entonces? —le pregunté, sabía que a nosotros nos faltaba mucho tiempo para poder llegar a viajar a esa velocidad y para nosotros aquella distancia en años luz nos llevaría muchos lustros para cubrirla. Telmarwyn hizo rotar su sillón hacia la pantalla que tenía al costado y presionó un botón para encenderla, mientras respondía a mi pregunta.

—En un plazo de dos o tres semanas del tiempo vuestro en la Tierra. Mira tu reloj —me dijo—, el que llevas en la muñeca. Verás que camina con más lentitud, porque el tiempo a esta velocidad se hace mucho más lento y por eso es posible llegar en un corto plazo.

—En la Tierra creemos que a la velocidad mayor que la luz se puede entrar a la cuarta dimensión —afirmó Marco Rinaldi.

Telmarwyn nos dijo que no tenía conocimiento de eso.

—En la zona donde está nuestro planeta, el universo se curva en una cuarta dimensión física —añadió— y esa es nuestra dimensión natural.

—Nosotros creemos también que el tiempo es regular, que está en todas partes y se mueve en una sola dirección.

Daniel le recuerda a Marco después de estas palabras que Einstein cambió la manera de ver el tiempo, que el tiempo no es regular, que puede latir a diferentes ritmos, ya que los cambios dependen de la velocidad relativa. El tiempo puede variar, es cuestión de velocidad.

Mientras discutíamos sobre el tiempo, Arcacentauris apareció en la pantalla. El planeta se mostraba finalmente ante nosotros y nuestra curiosidad empezó a formular preguntas:

—¿Tienen mar?, ¿continentes, países?

—Tenemos tres continentes, mar y ciudades —contestó Telmarwyn—. Nuestro planeta es rocoso y es más pequeño que el vuestro.

Poco después apareció Selitawyn, la mujer de Telmarwyn, en la entrada de la zona de mando donde aún nos encontrábamos reunidos con él. Con ella venía el resto de nuestro grupo, al igual que nosotros empezaron a mirar fijamente la pantalla y también, como nosotros, a hacer preguntas. Queríamos saber todo sobre ese nuevo mundo que estábamos a punto de conocer.

Mientras la nave nos desplazaba por el espacio, intentamos algunas veces mirar hacia el exterior a través de largos y estrechos miradores. Pero la velocidad hacía imposible apreciar el cosmos o fijar la mirada en algo en concreto.

Bernarda y yo aprendimos a peinarnos como las pleyadianas. Llevaban un peinado hecho en base a una coleta que enrollaban a modo de cordón o trenza alrededor de un alma de alambre que ataban dentro de la coleta. Una vez enrollado, empezaban a darle diferentes formas hasta encontrar la que les gustaba. A veces, la coleta la arqueaban hacia adelante y la apoyaban en la frente, parecía una cola de caballo al revés, que formaba un arco. Les llamaba la atención el pelo tan rubio de Bernarda y experimentaban nuevas formas con nosotras.

Gaia pasaba buena parte de su tiempo con Fermín Gredes. Estudiaba con él, que le ayudaba con el curso que habían preparado para ella en el colegio. Así podía proseguir sin perder el año. Lo llevaba todo en un grueso libro. Se había decidido por este antiguo método de estudio, con la seguridad de que nuestras computadoras no iban a funcionar en un viaje como el que habíamos emprendido.

Cuando Telmarwyn convocó a la tripulación para anunciarnos que estábamos próximos a atravesar el área tóxica, nosotros, los del planeta Tierra, no sabíamos qué día era, ni si era de día o de noche, ni qué hora exacta, porque nuestros relojes se habían ralentizado, ni cuánto faltaba para llegar al nuevo destino.

Dejábamos solo fluir el tiempo sin percatarnos de él.

Llegado el momento, nos colocamos las máscaras especiales que traíamos de la Tierra en nuestro equipaje. Contenían el respirador y un pequeño balón de oxígeno. Y la nave empezó a atravesar el área tóxica. Mientras se sumergía a toda velocidad dentro de ella, un fuerte olor a huevo podrido empezó a filtrarse por alguna pequeña rendija o resquicio de la nave. El olor era insoportable y, sin la máscara protectora, la intoxicación nos hubiese llevado a la muerte en pocos minutos.

—Es un planeta muy tóxico que irradia a una gran extensión. Cuando nos perdimos y quedamos atrapados en aquel lugar antes de llegar al planeta Tierra, fue porque nos desviamos para no pasar cerca del planeta tóxico —nos refirió Telmarwyn cuando finalmente salimos.

—También hay en esta área un cementerio de residuos flotantes de cometas y asteroides sin vida, que despiden una pestilencia similar. Hemos pasado por el corredor que hay en medio de ambas áreas —dijo Telmarwyn.

—¿Hay vida en el planeta tóxico? —le preguntó Marco Rinaldi.

—Sabemos que hay vida y que son seres monstruosos y muy primitivos. Son tan pestilentes como su planeta.

—Menos mal que son primitivos —dijo Daniel—, así no pueden llegar para atacarlos.

—Hemos enviado algunas sondas en diferentes oportunidades para vigilarlos y hemos logrado imágenes de ellos, por eso sabemos sobre su aspecto repulsivo.

Pero no creo que nos puedan atacar, están en lo que correspondería a la edad de piedra de vuestro planeta, pero son de aspecto deforme.

—¿Falta mucho para llegar, Telmarwyn? —era Fermín Gredes que interrumpía la conversación. Acababa de llegar al puesto de mando donde nos encontrábamos, se le veía descompuesto después de una secuela de náuseas.

Caminaba a duras penas colgado del brazo de Selitawyn.

—Empezamos ya a aproximarnos a Arcacentauris, Fermín —le respondió Telmarwyn con una sonrisa para tranquilizarlo.

VII

No bien entramos a su sistema solar, que es de dos mil millones de años más antiguo que el nuestro, la nave empieza a disminuir su velocidad. Y los miradores que habían permanecido ocultos se abren para que podamos contemplar el paisaje exterior. Son ventanas de gran extensión que rodean el salón donde estamos sentados, parece un planetario, pues una parte del techo se descubre también, ofreciendo una visión panorámica. Miríadas de estrellas que nunca hemos visto, porque no están en nuestro vecindario, son de un color blanco azulado. Algunas de ellas tienen un pequeño sistema planetario, compuesto de tres o cuatro planetas, algunos de ellos con características similares a nuestro planeta Tierra.

—¿Dónde crees que estamos? —oigo a Marco preguntarle a Daniel.

—Me parecen las Pléyades… ¡mira! —le responde señalando con el dedo hacia arriba.

Telmarwyn se acerca y se sienta entre nosotros.

—Miren allá al fondo, ¿ven aquella estrella roja, más pequeña que las demás? Ese es nuestro sol.

Y todos fijamos la mirada donde él nos indica y no la perderemos de vista hasta el momento en que estemos a punto de aterrizar en Arcacentauris, el destino final de nuestro viaje. Poco antes de descender, nos cambiamos de ropa y nos vestimos con las mallas enterizas de tejido refrigerante que compramos en los grandes almacenes en la Tierra.

—¿Está haciendo mucho calor allá? —le pregunto a Telmarwyn.

—Sí, Daniela —me responde—, ahora allá estamos en la estación de las burbujas.

—¿De las burbujas?

—Así llamamos a lo que ustedes llaman verano.

—¿Cuántas estaciones tienen? —le pregunta Daniel.

—Dos —le responde Telmarwyn—, la estación de las burbujas y la estación de las lluvias.

Muy próximos ya al aterrizaje, no necesitamos atarnos a las tarimas donde nos recostaron para el despegue. Nos quedaremos sentados en las butacas del salón del planetario con los cinturones atados para poder observar el espacio durante el descenso, como hemos venido haciendo en los últimos días.

—Cuando atravesemos la atmósfera de Arcacentauris, por la fricción que habrá, podrían verse a través de las ventanas algunas llamaradas en el exterior de la nave. La nave tiene un sistema automático antiincendio, no hay de qué preocuparse, permanezcan sentados —es la voz de nuestro comandante Telmarwyn que resuena a través de los parlantes colocados en el amplio salón. Su voz llega desde el puesto de mando, donde se encuentra iniciando el aterrizaje.

—En efecto, es más pequeño que la Tierra —oigo la voz de Daniel que le habla a Marco, que está sentado a su lado.

Se vislumbra con claridad la esfera que es Arcacentauris. El mar es azul, los continentes de un color amarillo y verdoso, con algunas manchas grises. Poco tiempo después, empezamos a ver la silueta de una ciudad a la que entramos por el aire, más bien por el cielo infinito y sin confines según lo vemos desde la Tierra. Esta visión nos hace entender que ya estamos allí, colocados de nuevo en otro lugar lejano, muy lejano. Las siluetas se acercan a nosotros a medida que avanzamos con esa determinación que parece locura, pero que en nosotros es solo una misión más de exploración fuera y muy lejos de nuestro planeta. La nave se posa con mucha suavidad y en gran silencio sobre algún lugar de Arcacentauris. Luego se abren dos grandes compuertas, una por un lado y otra por el lado opuesto de la nave, y por cada uno de ambos lados empieza a descender una escalera. Nosotros abordamos una de ellas y la otra es para bajar el equipaje de la tripulación. Miro mi reloj y lo veo recuperar su ritmo, aunque no sé si será igual al ritmo de nuestro planeta.

—El sol aquí es mucho más brillante —nos dice Telmarwyn— y debemos colocarnos los cascos en la cabeza para evitar los rayos ultravioletas.

El aire es muy caliente y hay que presionar de inmediato el botón que pone en acción el tejido refrigerante de nuestra ropa. Luego, mientras caminamos hacia la entrada del edificio de este aeropuerto para naves espaciales donde hemos aterrizado, empezamos a mirar hacia un lado y otro porque queremos conocer todo a la vez. Es mucha la curiosidad. La primera impresión que tenemos es que hemos encontrado el planeta gemelo de la Tierra que siempre hemos buscado. Y por la intensidad de la luz notamos que es la mañana de un soleado día de verano.

Hay una torre a cierta distancia, que parece medir casi trescientos metros de altura, construida de una sola pieza. Es de un metal azulado, desconocido para nosotros. Sus últimos metros están compuestos por preciosos cristales plateados.

Parece ser un faro.

—Es lo que ustedes llaman la torre de control de un aeropuerto —nos explica Telmarwyn.

—¿En qué ciudad estamos? —pregunta Bernarda.

—En Polis, la capital de Erzibius —responde Telmarwyn.

—Polis es tu ciudad y Erzibius tu país, ¿verdad?

—Sí... —Por el tono de su voz, lo notamos contento de regresar a casa.

Antes de llegar al edificio, un vehículo en forma de mariposa gigante se detiene delante de nosotros. En el cuerpo central, desde donde salen las alas, que son de un metal flexible y transparente con reflejos plateados, hay una cabina con varios asientos como en un pequeño autobús. Luego de abordarla, levanta el vuelo y nos conduce aleteando por el aire hasta la casa de Telmarwyn, que es donde nos alojaremos durante nuestra estadía.

VIII

—¿Dónde está mi cepillo de dientes, Daniela? —oigo exclamar a Daniel.

La casa se asemeja a una caja de grandes dimensiones y es de una sola planta. Toda su área está asentada sobre una plataforma móvil oculta por debajo del suelo. Con solo accionar una palanca, la plataforma empieza a elevarse y la casa puede subir a la altura de una o dos plantas más.

—Busca en tu equipaje, Daniel —le grito para que me escuche, mientras la casa comienza a elevarse lentamente hasta alcanzar su máxima altura y allí se detiene. Me acerco a la ventana que ha quedado a nivel de la copa de uno de los árboles que la rodean y, luego de abrirla, veo que puedo sacar la mano para coger esas frutas de piel lisa y de color entre anaranjado y dorado que parecen melocotones.

Telmarwyn nos ha dicho que todas las partes de los árboles son comestibles. La casa es de un material que no conocemos, que no se parece al cemento, y como está rodeada de cristales, a la altura en que estamos ahora, parece una casa en el árbol en medio del bosque. Es un encantamiento. A lo lejos se vislumbra el mar entre el entramado de hojas y ramas de los árboles.

Es el primer despertar en la casa de Telmarwyn. Aquí viviremos durante nuestra estadía en la ciudad de Polis. Marco, Bernarda, Gaia y Fermín Gredes ya se han levantado también y nos reunimos alrededor de una mesa a comer la fruta que he sacado del árbol.

—Voy a subir —se oye la voz de Telmarwyn que resuena dentro de la casa a través de algún intercomunicador que no sé ubicar. Me levanto y me asomo a la ventana para responderle, pero ya no lo veo, porque en pocos instantes ha subido por el ascensor que entra en función cuando se eleva la casa.

—¿Quieren ir a ver el mar? —dice y su rostro se ilumina.

Nos encaminamos de inmediato como si fuera justamente eso lo que deseábamos. Una vez en la playa, sentados a la orilla del mar, vemos al final de la mañana que está lleno de burbujas que flotan sobre el agua a poca distancia. Son burbujas muy grandes y transparentes que se desvanecen todos los días al ocultarse el sol por la tarde, para volver a surgir con el amanecer del día siguiente. Sucede solo en verano y desaparecen con el cambio de estación. Ahora entendemos por qué la llaman la estación de las burbujas. Flotan en un mar donde no hay olas, donde el agua parece mecerse en un vaivén de pequeñas, suaves y continuas ondulaciones. El color del agua es azulado, parecido a algunos mares de la Tierra.

Y todos nos quitamos la ropa refrigerante para meternos al mar y empezamos a nadar en dirección a las burbujas, como nos ha enseñado Telmarwyn. Daniel y yo nos sumergimos juntos para poco después aparecer los dos dentro de una burbuja. Allí, en el interior, hace menos calor. Sin explicarnos, sin saber cómo, nos encontramos parados sobre el agua y, siempre de pie, nos abrazamos hasta quedar muy pegados el uno al otro. Es el ritmo de las pequeñas ondulaciones del mar lo que nos lleva a nosotros también a subir y bajar, a subir y bajar incontables veces, lo que nos provoca un intenso placer, una sensación que nunca antes habíamos tenido. Solo con el roce de mi piel con la suya y de la suya con la mía, sentimos una felicidad que jamás imaginamos que pudiese existir. Comprendemos que nunca antes habíamos sido tan felices.

—Es la perfecta felicidad que nosotros sentimos con nuestra pareja —nos explica Telmarwyn cuando regresamos a la orilla.

—¿Y la otra mitad del año, cuando llega la estación de las lluvias? —le pregunta Marco, que acaba de regresar de una burbuja con Bernarda.

—No hay nada, solo en esta estación tenemos esa extraordinaria felicidad con el contacto de nuestros cuerpos y solo allí dentro se puede estar parado sobre el agua; fuera de las burbujas, uno se hunde en el agua al igual que en vuestro mar —añade.

—¿A qué se debe esto? —le pregunta Daniel.

—No lo sé, es algo natural, es parte de la carga electromagnética de nuestro planeta —le responde Telmarwyn y continúa—: Ustedes tienen emociones y crean obras de arte. Nosotros no tenemos emociones, no podemos crear, todo lo que hacemos solo tiene funcionalidad, por eso en este planeta no veréis artistas ni obras de arte. La naturaleza es la que nos procura el placer y la felicidad de los sentidos.

—¿Hay terremotos y maremotos? —sigue Daniel.

—No, nunca. Además, en nuestro mar no hay olas, solo lo que habéis visto. Es así siempre. No estamos amenazados por una naturaleza que pueda volverse contra nosotros y acabar con nuestra vida. Tampoco hay volcanes que puedan despertar y llegar a destruir nuestras ciudades como sucede a veces en vuestro planeta.

—Pero nuestro planeta es uno de los más bellos que existen —intervengo en la conversación.

—Vuestro planeta quien sabe sea más bello en algunas cosas que el nuestro, Daniela.

Ahora sabíamos por qué Telmarwyn miraba embelesado las obras de arte que tenemos allá en la Tierra. ¿Y aquí había lo que a nosotros nos faltaba? ¿O es que allá en la Tierra había aún muchas cosas en la naturaleza que nada tenían de semejante a lo que ya se había descubierto y que estuviesen fuera del alcance de nuestra imaginación?

Por lo demás, está por empezar el atardecer y nos quedamos en la playa, echados sobre la arena que más parece un polvillo muy claro, para ver cómo aparece en el cielo una espesa neblina anaranjada, entre la que resalta el pequeño sol, que cada vez se pone más rojo. Luego, cuando se oculta en el mar al igual que nuestro sol en la Tierra, el cielo en un instante se tiñe de un intenso color escarlata que es un placer para la vista. Fijamos la mirada en el mar y vemos que las enormes burbujas ya no están.

IX

En la ciudad que empezamos a recorrer después de nuestro primer día en el mar, se ven muchas mariposas. Están en las áreas verdes que separan las calles y avenidas, donde la gente se sienta a escucharlas volar, porque cuando vuelan, sus alas emiten un agradable sonido musical, mientras dejan en el aire una pequeña estela. La atmósfera nos hace ver de día el cielo de color aguamarina, poblado de pequeñas nubes blancas.

Polis es una ciudad industrializada, los medios de transporte público son las mariposas gigantes como la que abordamos en el aeropuerto a nuestra llegada. Están hechas con una tecnología muy avanzada y se desplazan en gran silencio de un lado a otro de la ciudad.

Abordamos una de ellas para ir a comer con Telmarwyn y Selitawyn, que hoy viene con él. Nos preguntamos cómo será la comida; aquellos melocotones del árbol tenían un agradable sabor penetrante.

—¿Ustedes comen carne? —le pregunta Fermín Gredes a Telmarwyn. Solo con él podemos hablar porque Selitawyn no habla nuestro idioma.

—Sí —contesta Telmarwyn—, pero solo comemos carne de conejo, no hay otra carne aquí.

—El conejo nos gusta, allá también lo comemos —dice Bernarda, hablando del conejo a la cazadora que se come en su país, pero el de acá es un conejo de dos a tres veces más grande que el nuestro. Es lo que percibimos por el tamaño de las presas, que debemos dividir entre dos porque no podemos comer tanto. También llegan unas ostras de tamaño muy grande. Son redondas, como del tamaño de uno de los platos que usamos en la Tierra para comer. El modo de prepararlas y el sabor es tan exquisito que nuestro almuerzo se convierte en un ritual silencioso. Y en las verduras, el sabor emerge entre otros sabores y nos recuerda al gusto de la espinaca. Después traen otra más que recuerda a la alcachofa, pero es solo en el sabor porque todas las verduras tienen forma de hoja y son de color verde, como las hojas de los árboles que rodean la casa donde nos alojamos.

—Todo se encuentra en los árboles —nos explica Telmarwyn—. Nosotros solo cultivamos trigo en el campo. Las verduras son las hojas de los árboles. Sembramos en nuestras casas diversas clases de árboles que tienen flores y hojas de diferentes sabores. Las flores se usan crudas para ensalada y las hojas las cocinamos. Como refresco, bebemos el líquido que sale del interior de las ramas y también los hay de varios sabores.

Por eso nos dijo que todo en los árboles es comestible. Antes de irnos, un pleyadiano se acerca a Telmarwyn porque le llama la atención el tamaño de nuestros ojos tan pequeños y los dedos de nuestras manos se los queda mirando también.

—¿Han tenido guerras ustedes? —le pregunta Marco, que comienza a recelar de estos seres por la forma insistente en que nos miran.

—Hace unos trescientos años de los nuestros que tuvimos la última guerra.

—¿Y qué pasó entonces?

—Murió mucha gente. Estuvimos a punto de destruir la naturaleza en nuestro planeta cuando nos disponíamos a lanzar una bomba de antimateria desde nuestro país a otro continente. Queríamos exterminarlos y adueñarnos del planeta.

—La bomba de antimateria puede causar el fin del mundo, allá lo sabemos —replicó Daniel—. ¿Qué os detuvo de tal destrucción?

—Las burbujas se ocultaron para siempre y fue entonces que nos dimos cuenta de lo que estábamos a punto de hacer. La idea de no sentir nunca más la felicidad nos detuvo y decidimos poner fin para siempre a las guerras. Pero ya habían desaparecido muchos pleyadianos y estuvimos a punto de extinguirnos. Yo no había nacido aún, pero mi segundo ancestro, así llamaban al abuelo, murió en esa guerra. Esta historia me la contó mi primer ancestro, deducimos que ese sería su padre.

—Desde entonces —continuó diciendo—, aquí no se permite a nadie vivir en la pobreza, todos tienen una casa, un hogar y nadie es esclavizado. Comprendimos también que nuestras decisiones pueden asegurar el futuro perpetuo de la vida.

—Mamá, ¿puedo teletransportarme? —Gaia se acerca y me pregunta en voz baja.

Y yo le contesto que no. Insiste:

—Me aburro aquí, me gusta estar con Selitawyn, pero ella no sabe hablar, solo me mira y me sonríe mientras me acaricia el pelo con sus extrañas manos.

—Ella no te habla porque es telepática y además no habla nuestro idioma, y tu pelo rubio le llama la atención —trato de convencer a la niña mientras le repito que no lo haga.

A pesar de mis palabras, vemos el suave torbellino de luz azulada que ha quedado en medio del restaurante después de que Gaia desaparece. Los comensales, con expresión de desconcierto, se levantan al mismo tiempo y todos salen en silencio; en pocos minutos dejan vacío el local. Telmarwyn intenta explicar el incidente al dueño del restaurante, diciendo que esa niña nació en un planeta llamado Harcolabius y allí le han dado ese poder.

—No es un poder —corrige Daniel, fastidiado—, es una práctica, como en ustedes la telepatía. No hay ninguna magia en eso.

Pero el local se ha vaciado y debemos retirarnos. Y cuando regresamos a la casa, encontramos a Gaia dormida con la cara escondida entre el pelo.

Habíamos aprendido a ir solos por la ciudad y a tomar el transporte de mariposas, que eran los autobuses para nosotros. Tenían ruedas y se desplazaban impulsados por energía solar, como empezábamos a utilizar en la Tierra. Aun en la similitud, había siempre algo que no conocíamos pero que estaba allí, oculto para ser descubierto.

Los bus-mariposas, como las bautizamos, sacan a relucir sus alas solo cuando necesitan elevarse y volar para llegar a algún lugar más lejos o a las viviendas que están en la cima de algunas pequeñas montañas. Todas las viviendas parecen cajas; no hay diseño, no hay creación, pero todo está hecho con gran precisión. Para Marco, los pleyadianos son seres monótonos a los que no acaba de entender.

X

—Hoy vamos a salir solos —me dice Daniel apenas ve que me despierto. Está echado a mi lado vestido, esperando el momento en que yo abra los ojos para hablarme y así no lo pueda culpar de haberme despertado.

—¿Solos tú y yo?

—Sin Telmarwyn —me comenta antes de salir de la habitación.

Al poco rato, voy al encuentro de ellos y del desayuno que ha preparado Bernarda. Hojuelas parecidas al pan sin levadura, hechas con trigo, es la novedad que nos ha enviado Telmarwyn para el desayuno y algunas frutas del árbol. Una delicia que masticamos ansiosos y apurados porque ya no pensamos en nada que no sea regresar a las burbujas, que es lo primero que hacemos esta mañana temprano para sentir otra vez el sumo placer y felicidad. Sabemos que en la Tierra nunca encontraremos algo similar.

Pasamos un largo rato dentro de las burbujas y cuando finalmente salimos, nos alejamos de allí avanzando a nado un trecho antes de detenernos para ponernos en posición de espaldas y empezar a flotar inertes sobre el agua. Hay una suave y agradable vibración, que se siente como un masaje que recibimos del pequeño y continuo vaivén de las ondulaciones. Así seguimos, no sabemos por cuánto tiempo, con lo fácil que es flotar en este mar. Todo nos lleva a una sensación de libertad y de ligereza que parece haber sido prevista para hacernos llegar a la total ausencia de miedo. Y en este nuevo estado de ánimo nos dirigimos más tarde a la ciudad.

No tarda mucho en aparecer el bus-mariposa que nos llevará al centro de la ciudad y cuando llegamos descendemos en el parque de las mariposas. Hemos visto que allí hay grupos de gente y decidimos sentarnos entre ellos.

—Vienen acá tal como nosotros vamos a un concierto al aire libre —es el comentario de Bernarda.

En el silencio, se escucha el aleteo de las mariposas y el sonido musical que emiten, es un sonido con pausas y frecuencias como en una melodía musical. Es hermoso y sutil. Luego se repite otra vez con algunas variaciones cada vez. Solo desde hoy hemos empezado a percibir estos sonidos; llegamos a la conclusión de que se nos ha agudizado el oído.

Poco después nos marchamos en puntas de pies, sin hacer ruido. Fuera del recinto prosigue la ciudad por cada calle, cada rincón. Llevamos puestos los lentes de sol para cubrirnos los ojos y evitar las miradas de los pleyadianos, aunque de poco sirve porque se ha dado la noticia y en la ciudad ya saben quiénes somos. Las calles están asfaltadas con un material que no conocemos y que no es cemento, aunque a simple vista puede parecerlo. Aquí se construye con metales y les dan diferentes acabados casi todos opacos; muy pocos de los que vemos son brillantes. Las casas están puestas en fila, todas tienen una plataforma elevadiza como la nuestra; algunas se encuentran apoyadas al suelo y otras las tienen con las plataformas alzadas, suspendidas en el aire. Así se ven sobre todo en la estación de las lluvias. Hay un conglomerado de pequeños módulos, deducimos que deben de ser tiendas y nos decidimos a entrar. Allí se exhibe la ropa que usan pero no sabemos comprar, no podemos hablar con ellos y nos ponemos a mirar y nada más. —¿Aquel no es el restaurante donde estuvimos? —señalo a Daniel.

Luego de mirar hacia el interior, decidimos entrar a esperar a Telmarwyn con el que hemos quedado. Para dialogar hay que conocer el idioma. Nos sentamos porque ya nos vieron allí la otra vez y no sabemos cómo pedir algo para comer. Parece que han comprendido y nos traen de comer. Oigo en mi pensamiento que Telmarwyn no puede venir a darnos el encuentro y se disculpa.

—¿Cómo así? —dice Daniel.

—¿Cómo así qué? —le respondo.

—Que no viene... Lo he oído en mi mente.

—¿Tú también?

Y de nuevo escucho la voz de Telmarwyn:

—Hoy cuando salieron de las burbujas y de flotar en el mar ya no tenían miedo de nada, escucharon el concierto de las mariposas. Lo que vais a comer lo he transmitido al restaurante para ustedes y les he transmitido a ustedes mis disculpas con el pensamiento y lo han percibido.

Han entrado a la cuarta dimensión.

Esto explica por qué notamos que nuestro nivel de apertura ha aumentado desde que nos movemos en esta nueva dimensión y lo primero que nos sorprende es la paz y armonía que se percibe. Comprendemos que los pleyadianos no son aburridos como cree Marco, sino que tienen un grado menor de agitación que nosotros. Por una parte, ya no sentimos el cansancio, en cambio tenemos la sensación de haber perdido algo y ese algo es nuestra dimensión anterior. Se van el miedo, el rencor, la ira y la densa energía emocional de la Tierra, es decir, el mundo de la tercera dimensión donde siempre hemos vivido. Ahora podemos escucharlo todo: el eco de la ciudad, los sonidos de la naturaleza. Percibimos nuevos colores, como si la mezcla de colores reaccionara de distinta manera a la que conocemos. Resulta difícil de explicar, el atardecer que vemos ahora en Arcacentauris ya no es como el que vimos cuando recién llegamos; más parece en este momento una imagen surrealista en sus colores o tonos tan intensos que van del infrarrojo al ultravioleta y todo lo que empezamos a ver se muestra diferente a lo de nuestra vida diaria.

—Esto revoluciona todas nuestras teorías en la física y en la ciencia —dice Daniel.

—Me parece que todo hubiese permanecido oculto por años y lo descubrimos de repente —añade Marco.

Para emprender el camino de regreso a casa, entramos por un largo túnel. Tiene en el suelo una cinta magnética que nos transporta velozmente a desembocar en otra calle.

XI

—Pero ¿qué dices, Marco? Si allá en la Tierra la bebida que sale de las ramas también la tenemos, ¿recuerdas a Stefania y a Carlo que estuvieron internados unos días en la jungla amazónica? —La voz de Bernarda resuena en la habitación discutiendo con Marco.

—Sí, Bernarda, me acuerdo, pero allá en la Tierra se encuentran solo en la Amazonía y solo en un tipo de árbol entre los muchos que hay. También recuerdo que fue el guía que iba con ellos quien les señaló cuál era ese árbol, y nos contaron que cortaron con machete una rama de la que salía el líquido, una bebida clara y transparente que los indígenas llaman limonada. En cambio, acá hay en todos los árboles y saben a frutas.

—Bueno, pero nosotros podemos hacer jugos de frutas —insiste Bernarda.

—No es lo mismo, Bernarda, ¿quieres darte cuenta de que no es lo mismo?

Desde afuera llega un suave perfume de flores que viene del único árbol que no tiene frutos, y hoy, antes de salir, voy a preparar la ensalada de flores que parecen haber brotado en los últimos dos días. Ayer estuve pensando en ello y hoy veo las flores; en esta dimensión los deseos se hacen realidad.

Gaia, mi hija, está en un colegio donde se quedará unos días para participar de los juegos que utilizan los pleyadianos para la enseñanza. Mientras, Fermín Gredes fue llevado a pasar un tiempo en un hospital de la ciudad donde seguirá un curso de aprendizaje de técnicas de sanación. Y nosotros cuatro vamos con Telmarwyn a visitar la Universidad Galáctica; en su mayoría, los alumnos serán científicos algún día. Tienen un área de investigación y de astronomía para el estudio del cosmos, además de la escuela técnica e industrial. A la salida, recorremos algunas calles a pie hasta llegar a una plazuela donde nos sentamos en la acera sobre una de las largas bancas a tomar una infusión. Poco después vemos pasar un cortejo, son los habitantes de Polis, que exhiben carteles con sus preferencias electorales para los comicios del nuevo gobierno en Erzibius. Es nuestra manera de votar, nos explica Telmarwyn: por telepatía, y el conteo es inmediato; lo hacen en la calle y pocas horas después se instaura el nuevo grupo de gobernantes. Cuando concluyen las elecciones, el ambiente se disipa y la calle recupera su aspecto cotidiano. Seguimos sentados en espera de que caiga la noche; entretanto, Telmarwyn se pone de pie, con expresión divertida, empieza a levitar y desde arriba nos pide que hagamos lo mismo.

—¿Cómo se hace? —le pregunta Daniel.

—Solo lo debes desear —le responde Telmarwyn desde el metro de altura donde se encuentra flotando en el aire.

Y con solo desearlo como nos dijo, todos empezamos a elevarnos del suelo y a levitar como él. Suspendidos en el aire, empezamos a avanzar a lo largo de la calle. Se siente la brisa en la cara, un viento ligero tal como nos sentimos ahora, que nos impulsa hacia adelante. Libres, en una dimensión que cada vez resulta más conocida, algo que se ha vuelto parte de nosotros. Nada es igual desde que llegamos a este planeta, y ahora que han desaparecido los objetos a los que estábamos acostumbrados para dar paso a los que pertenecen a la nueva cuarta dimensión, lo que pensamos y deseamos comienza a hacerse realidad.

—Las dimensiones son el marco en que se desarrolla la realidad —nos explica Daniel—, es un lienzo en el que toda partícula dibuja su existencia y evolución.

Pero nosotros nunca imaginamos que algún día podríamos ver la cuarta dimensión, aunque sabíamos que existía, desde la tercera dimensión en la que vivimos en la Tierra era imposible entenderlo. Por eso Telmarwyn nos trajo acá.

Hoy la playa está llena de gente, como no habíamos visto hasta ahora. Hay una concentración de pleyadianos que esperan en silencio, algunos de pie y otros acurrucados en la orilla para poder entrar a las burbujas.

—¿Por qué hoy hay tanta afluencia de gente? —le preguntamos a Telmarwyn, que ha venido con nosotros y trae con él a Selitawyn.

—Porque está por terminar la estación de las burbujas y todos queremos aprovechar los últimos días de felicidad antes de que se desvanezcan cuando llegue la estación de las lluvias —es su respuesta.

El fin de la estación que habíamos vivido casi desde su inicio nos llevaba a percibir por primera vez el tiempo transcurrido, algo en lo que no habíamos querido pensar desde que llegamos, ocupados como estábamos en experimentar todo cuanto se podía en este mundo nuevo.

Algunos días después, las pequeñas nubes empiezan a desplazarse en el cielo, y a medida que se aglomeran, cubren el tono aguamarina del cielo que se torna nublado y de color blanco amarillento.

Y a diario comienza a llover, solo llueve por la tarde y se intensifica en la noche. En la mañana temprano nos despierta un fuerte olor a tierra mojada, como se siente en el campo después de una tormenta allá en la Tierra, pero este olor es solo una referencia, porque el de acá se mezcla con un aroma acaramelado, difícil de describir porque no se parece a ningún otro olor conocido por nosotros. Es agradable y tonificante y sentimos un gran bienestar, pero no es felicidad. Es como nos dijo Telmarwyn, gratificante para el olfato. Los árboles están relucientes, con las hojas muy limpias y brillantes como no las hemos visto en el verano. Aquí no pierden sus hojas en el invierno, porque son alimento durante todo el año. Ya no se necesita la ropa de tejido refrigerante, ahora vestimos con la ropa que usan los pleyadianos en la estación de la lluvia, que es de un material impermeable desconocido para nosotros. Hace frío y se siente humedad, algo que a Daniel le gusta y hay algunos charcos en la calle. Y cuando nos acercamos al mar, vemos que las burbujas ya no están.

XII

En los siguientes días, hicimos y repetimos lo que era posible hacer y repetir, porque éramos conscientes de que nada duraría más allá del poco tiempo que aún quedaba de nuestra estadía en Arcacentauris. Telmarwyn empezó a preparar el viaje de regreso y nosotros nuestro equipaje. Para llegar a la estación de naves, como los pleyadianos llamaban al aeropuerto, tomamos el bus-mariposa como tantas veces lo hicimos para nuestros desplazamientos. Nos acompañaba Selitawyn; el equipaje ya había sido enviado a la nave, a bordo de la cual se encontraba Telmarwyn revisándolo todo con los demás miembros de la tripulación.

Cuando llegamos, vimos que la nave nos aguardaba suspendida en el aire, y esperamos que descendiese la plataforma para colocarnos de pie sobre ella y comenzar a subir. Todos nuestros movimientos se repitieron tal como la primera vez, el día en que partimos de la Tierra. Nos ajustaron las cinchas de las tarimas y la nave empezó a girar y a centrifugar, como le decíamos, mientras se recargaba con la energía de las estrellas. El fuerte malestar inicial lo superamos apenas la nave se estabilizó, y el enérgico empujón del despegue esta vez no nos tomó por sorpresa. Algunos minutos después miramos nuestros relojes y vimos cómo de nuevo el tiempo se hacía más lento, ya habíamos superado la velocidad de la luz.

Aún era posible levitar en el interior de la nave, no habíamos perdido las facultades de la cuarta dimensión que habíamos adquirido durante nuestra estadía en su planeta; ahora nos sentíamos más integrados con los de Arcacentauris.

—Ya no me parecen tan insípidos —nos decía Marco—, son como un perfume muy tenue que hay que saber captar.

Al día siguiente visitamos una amplia zona que quedaba al fondo de la nave. Era un área donde no nos fue permitido el ingreso en el viaje de ida. Vimos por primera vez los módulos formados por grandes esferas de cristal, cada una de un color diferente que envolvían uno a uno los dormitorios. Estas esferas nos parecían gigantescos globos, dentro de los cuales dormían los pleyadianos como si fuera dentro de una de las burbujas que había en el mar.

Una vez que dejamos atrás la zona tóxica, Telmarwyn nos convocó a todos en el área de mando para anunciarnos que estábamos próximos a entrar en nuestro sistema solar. En la pantalla, Daniel y Marco pudieron reconocer a Plutón y Urano; la Tierra con su sol y su luna aún no se divisaban. Esa noche nos trasladaron a dormir dentro de las esferas de cristal: Daniel, Gaia y yo en una, Marco y Bernarda en otra y Fermín Gredes en otra.

Cuando al fin entramos en nuestro sistema solar, la nave empezó a disminuir la velocidad. Se abrieron como la vez anterior los grandes miradores a los costados y otro en una parte del techo. Desde las butacas en las que estábamos sentados, pudimos volver a observar en una visión panorámica el espacio de nuestro sistema solar poblado de estrellas. Daniel y Marco se enfrascaron de inmediato, como de costumbre, en discusiones sobre los nombres de tal y cual estrella o constelación. De pronto, vimos el reflejo de una inmensa luz que provenía de la zona del cinturón de asteroides; la luz era el resultado de un choque de asteroides a mucha distancia. Pudimos ver después una nube de polvo que giraba entornándose lentamente en dirección al sol, mientras las partículas y rocas y la arenisca que quedaron de la colisión salieron despedidas sin rumbo y a gran velocidad. Algunas de ellas venían hacia nosotros, y no obstante la rapidez de Telmarwyn para esquivarlas, el impacto nos dejó aturdidos cuando al fin una de ellas nos golpeó, traspasando un fragmento de la nave.

Era un pequeño meteorito aprisionado en el forado que había abierto al estrellarse, y se podía ver la parte que había quedado hacia adentro. Ozmantis, el astro biólogo de la tripulación, analizó el trozo de roca empotrado en el interior de la nave y comprobó que estaba lleno de bacterias.

—Aléjense de esa roca —fue lo que todos escuchamos en nuestro pensamiento; era la voz de Telmarwyn que nos transmitía desde la zona de mando. Daniel me habló de las bacterias y de las semillas de vida que viajan a través del espacio. Dormimos nuevamente dentro de las esferas de cristal y al despertarnos nos informaron que la nave estaba infectada de bacterias. Todo fue muy rápido y nuestros compañeros pleyadianos de la tripulación empezaron a debilitarse, unos antes que otros y luego todos juntos. En cambio, nosotros nos sentíamos bien; ellos no eran inmunes a ese tipo de bacterias, pero nosotros sí lo éramos, algo que, en vez de alegrarnos, nos llenaba de angustia. Si Telmarwyn enfermaba, ¿cómo llegaríamos a la Tierra?

Sí, éramos inmunes, pero ¿nos quedaríamos encerrados en la nave como en una trampa? Y allá en la Tierra nunca más se sabría de nosotros, solo quedarían conjeturas sobre el misterio de nuestro final, porque no había forma de comunicarnos con los nuestros. ¿La nave se estrellaría en algún planeta antes de llegar al nuestro, o quedaría vagando en el espacio mientras todos moríamos poco a poco?

A medida que pasaban las horas, la confirmación a nuestros temores se hizo más evidente. Algunos pleyadianos empezaron a quedarse echados en sus camas, sin fuerzas para levantarse, y vimos además cómo su piel, que era más blanca y rosada que la nuestra, se cubría de ampollas. Nos trasladaron a dormir lejos de ellos. La nave proseguía su rumbo hacia la Tierra al mando de Telmarwyn, que empezaba a debilitarse. Cuando supo que la primera en morir fue Selitawyn, quiso morir él también.

¿Y qué sería de nosotros? Era la idea fija que comenzaba a obsesionarnos, porque después de Selitawyn murieron dos más de los diez que eran en total. El comandante a quien se le había confiado esta misión era nuestro amigo Telmarwyn. La nave tenía dos pequeñas naves salvavidas como tienen los grandes transatlánticos allá en la Tierra, y Telmarwyn nos embarcó con el equipaje y provisiones en una de ellas. Éramos seis a bordo: Marco y Bernarda, Daniel y yo, Gaia y Fermín Gredes, que gesticulaba quejándose de la truculenta aventura en la que se había metido, y Gaia se reía de él.

—Para llegar a la Tierra, no debéis hacer nada; esta nave es un dron que he programado para aterrizar en el planeta Tierra —nos dijo Telmarwyn, y le indicó a Marco lo que tenía que hacer para despegar.

Fue la última vez que lo vimos y no pudimos abrazarlo para despedirnos, porque su cuerpo comenzaba a llenarse de ampollas. Luego se abrió la parte inferior de la nave, por donde nos asomamos al espacio dentro de la pequeña nave salvavidas que despegó rumbo a la Tierra.

Llevábamos algunas horas en el espacio cuando, a través del observatorio, vimos a lo lejos un resplandor y supimos que era la nave de los pleyadianos a la que Telmarwyn había hecho explotar, tal como nos había anunciado antes de despedirse de nosotros. Entonces comprendimos que todos nuestros amigos habían muerto.

Todo había terminado en un instante, salvo el recuerdo de cuanto habíamos vivido en Arcacentauris. Lo primero fue una sensación de orfandad y desamparo; éramos un grupo de náufragos en el espacio. Empezamos a contar los días que transcurrían, días de veinticuatro horas como duraban nuestros días en la Tierra, porque los días en Arcacentauris eran de dieciséis horas. Para llevar la cuenta, por cada día que pasaba, doblábamos una página del libro de estudios de Gaia, y sumando las páginas del libro llevábamos algo más de dos semanas de viaje.

—¿Todavía quedan hojas del árbol con sabor a espinacas? —le preguntó Fermín Gredes a Bernarda, que empezaba a preparar nuestra ración de comida del día.

—Sí —contestó—, pero pronto comenzarán a secarse y no sé si serán buenas; mejor apurémonos en terminarlas.

Así vimos que nuestras provisiones, las que había puesto Telmarwyn en nuestro equipaje, empezaban a llegar a su fin y decidimos disminuir las raciones. Tres días después, Marco y Daniel observaron un planeta que podía ser el nuestro, y a medida que nos aproximamos vimos que era la Tierra. Con dolor en los oídos y sintiendo una fuerte presión en la cabeza, nos acostamos en las literas. El malestar nos dejó profundamente dormidos. No supimos a ciencia cierta cuánto tiempo había transcurrido, y lo que nos despertó fue la ligera sacudida de la nave que acababa de posarse en la Tierra. Estábamos en casa y Daniel agradeció a nuestro amigo Telmarwyn.

Marco se levantó y se acercó al pequeño mirador; vio a través del cristal que era de noche. El cuerpo lo sentía pesado y tenía dificultad para caminar; notamos que todos estábamos llorando y que las emociones habían vuelto a ser parte de nosotros. El malestar que sentimos el día anterior fue el signo del comienzo de nuestro regreso a la tercera dimensión.

Sin saber aún dónde nos encontrábamos, decidimos pasar la noche dentro de la nave y salir al amanecer. La nave estaba programada para permanecer dos días en el lugar luego del aterrizaje; después de eso partiría de regreso a Arcacentauris.

A excepción de Gaia, nadie pudo dormir durante toda la noche. Se oían unos ruidos y gruñidos que nos mantenían desvelados, parecían de enfado y rabia, luego gritos fuertes e inquietantes de animales que no podíamos identificar, y volvimos a sentir miedo, el miedo que en la cuarta dimensión de Arcacentauris habíamos olvidado. Y poco antes del amanecer, Fermín Gredes empezó a canturrear *tarata tum tatam tatero*, un estribillo que repetía incansablemente alzando a ratos la voz. Gaia se despertó por el incesante canturreo, se levantó de la litera y con expresión de furia se abalanzó sobre Fermín Gredes. Luego de darle un jalón de pelos, le propinó un bofetón.

—¡Me tienes harta! —le gritaba, mientras el otro le sujetaba las manos riéndose y seguía con el *tarata tum tatam tatero*.

Marco llamaba al orden, pero las emociones estaban allí.

—¡Ahhh claro!... se me había olvidado las ganas de joder que tienen los terrícolas... ¡larguémonos ya! —gritaba, antes de que la nave despegara.

Y mientras tanto, abrió la escotilla.

Una vez que estuvimos fuera, pudimos ver que habíamos aterrizado sobre lo alto de un acantilado de rocas. El paisaje era pintoresco; abajo, en el abismo, se veía el océano con grandes olas y una playa desierta de arena clara. No habíamos andado mucho cuando llegamos a una estrecha carretera. Nos llamó la atención lo bien conservada y los campos de flores de lavanda que había alrededor. Y nos quedamos parados al borde de la carretera, a pesar del mucho sol y viento que había, a esperar que pasase alguien.

Estiré el brazo, aún lo sentía pesado como el resto del cuerpo, y empecé a hacer señales al vehículo que, como si fuera un espejismo, vimos aparecer en la carretera. Era un todoterreno grande, que funcionaba con energía solar; dentro iba una pareja joven, ambos de pelo rubio, ojos azules y la piel muy bronceada por el sol. Apenas se detuvo, el joven bajó del vehículo y nos miró con expresión boquiabierta.

—*Who are you and why are you dressed like that*?[1]

---

[1] ¿Quiénes son ustedes y por qué están vestidos así?

Ella también se bajó del todoterreno, se paró junto a él y nos fijaba la mirada con curiosidad.

Llevábamos puesto el traje enterizo de tela refrigerante y en las manos sosteníamos el casco de nuestro traje de astronautas y las mochilas del equipaje. Se podía pensar que éramos un grupo de actores que rodaban alguna película de ciencia ficción en aquellos parajes. Ella, con cara de habernos visto en alguna parte, por fin pareció recordar.

—¿Son ustedes los astronautas de la nave Osa Mayor? —preguntó.

Nos habían reconocido y asentimos con la cabeza.

—¿Dónde estamos? —pregunté de inmediato.

—En la Isla de Tasmania.

Y como vio por nuestra expresión que seguíamos sin comprender, prosiguió. —Tasmania es una isla al sur de Australia.

Entonces era Australia donde habíamos aterrizado, o muy cerca porque nos dijeron que la isla no estaba muy lejos del continente.

—¿Son ustedes el profesor Castaño y el profesor Rinaldi? —preguntó la chica.

Daniel le contestó que sí, luego dijo nuestros nombres y nos miraban alegremente sorprendidos, porque sabían todo de nosotros, como se sabía de nosotros en el resto del mundo.

—Me llamo Steve y ella es Claire, mi esposa —luego, como éramos seis personas y el equipaje, nos acomodamos apiñados como mejor se podía en el todoterreno para conducirnos a su casa.

—¿Qué son esos ruidos y gruñidos que hemos sentido en la noche? —pregunté cuando ya estábamos en marcha.

—Es el demonio de Tasmania —me contestó Claire, y como se dio cuenta de que no sabíamos de qué estaba hablando, nos explicó que el demonio de Tasmania es un animal que solo se encuentra en la isla y que emite gritos horribles y atemorizadores. Un marsupial carnívoro del tamaño de un perro pequeño, robusto y musculoso, de pelo negro y pequeños dientes muy afilados. Dijo que solo salen de noche para cazar alguna presa y de día permanecen escondidos en sus madrigueras.

Poco antes de entrar a un desvío que nos conduciría a la casa de Steve y Claire, vimos uno de estos animales muerto, atropellado por algún coche, tirado a un lado de la carretera, y Steve se detuvo para que lo mirásemos de cerca.

Atropellar a estos animales era algo que ocurría con cierta frecuencia.

—A veces emiten un olor muy pestilente —dijo Steve.

—¿Como los seres pestilentes de la zona tóxica? —me preguntó Gaia, que iba sentada conmigo en la parte de atrás.

—¿Cuál zona tóxica? —se volteó a preguntarme Claire, que iba sentada adelante al lado de su marido, que conducía.

—Nada, nada, son cosas de mi hija —le contesté.

—Miren —nos mostró—, son los wallabies —señalando a un grupo de pequeños canguros que saltaban de un lado a otro cerca de la carretera. Poco después llegamos a la vivienda. La parte exterior de la casa estaba revestida con madera de eucalipto envejecida, de un bonito tono grisáceo. Cuando entramos, vimos que la madera era el elemento recurrente que continuaba en el interior. Los grandes ventanales traían hacia el interior el paisaje del bosque que la rodeaba.

—Esos que se ven al fondo son los árboles de té —nos señala Claire.

—¿Son comestibles? —oigo la voz de Fermín Gredes.

—¿Comestibles? —repitió Claire—. ¡Qué pregunta!... ¡Nunca había oído eso!

Y para romper el silencio en el que nos hemos quedado, porque no podemos contestar, Bernarda pregunta por los grandes eucaliptos que rodean la casa.

—Me recuerdan los eucaliptos que hizo sembrar mi abuelo en nuestra villa en Toscana.

—De usted no habíamos oído hablar —dice Claire.

—Es mi primera misión al espacio, recién me incorporé a la tripulación de Osa Mayor —responde Bernarda.

—¿Puedo seguir preguntando? —dijo Claire con timidez, había entendido que no podíamos dar ninguna información. Solo quería saber de dónde veníamos.

—Del planeta Arcacentauris, estuvimos allá cinco meses —le contesté para complacerla.

—De eso se habló en la prensa, ya lo sabíamos, pero de eso... —repitió—, ya hace cinco años.

Todos nos miramos sin pronunciar una palabra; habían pasado cinco años en la Tierra, mientras para nosotros allá solo habían sido cinco meses.

Steve y Claire eran dos jóvenes arquitectos, ambos australianos de origen irlandés que vivían en Sídney. Esta era su casa de vacaciones y la habían diseñado ellos.

Claire nos llevó a visitar toda la casa, transitando por unos senderos de madera que conducían desde el bloque principal a un bloque anexo que era el área para huéspedes, donde más tarde nos acomodaron para pasar la noche. Miré de nuevo los árboles y recordé la casa de Telmarwyn.

Apenas fue posible, Marco y Daniel se comunicaron con nuestra base de astronautas para avisar que estábamos vivos y de regreso. Nos confirmaron que en efecto habían pasado cinco años. En la noche cenamos truchas de mar, un pescado típico y una tarta hecha con manzanas verdes de la isla.

Al día siguiente por la mañana, un helicóptero de la Fuerza Aérea Australiana nos vino a recoger para conducirnos al continente, a una base militar en Melbourne. Antes de dejar la isla, sobrevolamos la zona del acantilado, donde aterrizamos a bordo de la nave salvavidas de los pleyadianos, y vimos que ya no estaba. Por último, un largo viaje en avión de la fuerza aérea nos llevó de regreso a nuestra base de astronautas.

EPÍLOGO

XIII

Cuando recibimos el alta médica en el hospital de la base de astronautas, después de algunas semanas en observación, el buen estado en el que nos encontraron los médicos lo atribuyeron en parte a la alimentación que tuvimos durante nuestra estadía en Arcacentauris.

—¡Te lo dije, Bernarda, que no era lo mismo! ¡No era lo mismo! —insistía Marco, volviendo a retomar aquella discusión en que comparaban el jugo de frutas de nuestro planeta y el de las ramas de los árboles de la casa de Telmarwyn.

El gentío que nos esperaba en el aeropuerto con pancartas donde se leía «Bienvenidos Lord y Lady Les Survivants», el día en que aterrizamos de regreso a nuestra isla antillana, es algo que aún me conmueve cuando lo recuerdo.

Poco después llegaron y se alojaron en nuestra casa los compañeros de Osa Mayor, nuestra nave, y así volvimos a reunirnos. Esta vez éramos todos. Marco y Bernarda cocinaron *spaghetti alla carbonara* espolvoreados con queso *pecorino*, que tiene un sabor más intenso que el parmesano, y *abbacchio al forno con patate*, una especie de cordero lechal al horno con patatas. Todo con los ingredientes que trajeron desde Italia. Sentados alrededor de la mesa estaba el resto de la tripulación: Antoni y Tatiana, Paco el médico español, Igor a quien María, su novia, lo había dejado porque prefería casarse con un comerciante que, con un astronauta, y por último Fermín Gredes, el amigo de Telmarwyn.

La llegada de los compañeros de Osa Mayor coincidía con la inauguración de las conferencias que darían Marco y Daniel sobre el viaje a Arcacentauris. El planetario se llenó de gente de diferentes naciones, cada vez aumentaba más en el mundo el interés por la exploración del espacio.

—Un trozo de roca —empezó Daniel, dirigiéndose al público— que era parte de aquel asteroide, se estrelló contra nuestra nave. Ozmantis, nuestro compañero pleyadiano, la analizó y pudo ver que estaba llena de bacterias. Era un acontecimiento que al profesor Marco Rinaldi y a mí nos llevó a pensar que ya no se podía seguir creyendo que la teoría de la panspermia fuese algo para la ciencia ficción. Quién sabe —prosiguió Daniel—, se pueda empezar a considerar que sea una realidad, que las bacterias van por el universo sembrando vida o, por decirlo de otra manera, contaminando de vida por todas partes.

Entonces un sacerdote, de entre los religiosos de diferentes credos y de diferentes partes del mundo que se encontraban en la conferencia, se puso de pie y arremetió contra Daniel:

—Esa teoría contradice nuestra creencia de que Dios creó todo cuanto existe. ¿Acaso somos producto de un asteroide que se estrelló contra la Tierra y la sembró de bacterias que en milenios o millones de años evolucionaron hasta convertirse en alguien como usted o como yo? Profesor Castaño, los pleyadianos, ¿creen en Dios y en la Creación?

—Sí —contestó Daniel—, como creen otros extraterrestres que hemos conocido.

—Entonces, ¿cómo se puede explicar la panspermia? —dijo el sacerdote.

—Es posible que esas bacterias que viajan por el espacio adheridas a los asteroides o meteoritos sean la única forma de vida que puede haber en algunos de otros quinientos millones de planetas. En los pocos que hemos conocido hasta ahora, además de bacterias, hay vida similar a la nuestra.

—¿Quiere decir, profesor, que en muchos otros planetas, la vida estaría presente solo bajo la forma de bacterias?

—Es probable... son solo suposiciones, reverendo.

El tiempo se alarga para los que estuvimos en Arcacentauris, tenemos cinco años menos que nuestros amigos, que en los años que dejamos de verlos, han envejecido. El prefecto tiene el pelo encanecido y Desirèe, su esposa, ha sobrepasado el límite de todo cuanto podía haber engordado en la vida. Pero su obesidad poco le importa y, tal como la recuerdo, sonríe siempre; tiene esa seguridad que le da el ser descendiente de la que fue la familia más poderosa de la isla desde los tiempos coloniales.

Gaia se sigue teletransportando para ir al colegio, a pesar de haber cumplido un año más, siempre tiene cinco años menos que sus antiguas compañeras de clase a las que no frecuenta porque ellas ya terminaron el colegio, mientras Gaia regresó al mismo curso de entonces. Ahora sus compañeras son otras y tienen su misma edad.

Fermín Gredes ha empezado a dirigir el ala de medicina física del hospital donde trabajaba cuando realizó la rehabilitación de Telmarwyn. Todo se basa, dice, en la función reparadora del organismo, para que el cuerpo se regenere a sí mismo. Las técnicas que empieza a aplicar son las que le enseñaron los pleyadianos en el hospital de Polis. Y Gaia quiere ser médico cuando sea grande. Desde que Telmarwyn se arrancó la pierna en el Foro Trajano después del accidente, ella se sintió atraída por la medicina y quiere investigar sobre la capacidad del cuerpo de regenerar sus miembros.

Los isleños siempre preguntan por Bernarda, a la que llaman Lady la Comtesse. Antes de su regreso a Europa, le entregué a Bernarda las llaves de la casa que heredé de la tía Leonilde, ella se encargará de cuidarla mientras estemos acá. Fermín Gredes quiere vivir en aquella casa cuando se case con Gaia, algo que de suceder sería dentro de varios años, pues Gaia, que pronto será una adolescente, todavía es una niña. Por el momento, solo pelean y se dan de golpes cuando están juntos.

Estoy recostada en el sillón de madera pintada de color turquesa pálido, bajo el techo de caña que cubre la terraza de la entrada de nuestra casa en la isla antillana. El curso de mis pensamientos se interrumpe cuando veo llegar a Daniel en su bicicleta con el sombrero de paja de ala ancha que usaba años atrás. Apenas me ve, sonríe y viene hacia mí.

—¿Dónde está Gaia? —pregunta, pero ella aún no ha regresado.

Sin embargo, mi hija aparece instantes después en la puerta, acaba de llegar, aunque no se ha oído el ruido de escarcha.

—Es que llegué al dormitorio de la parte de atrás y escuché una llamada en tu pantalla, papá, es Marco.

—¿Qué dice Marco? —le pregunto a Daniel cuando viene de regreso.

—Dice que en Arcacentauris la naturaleza está hecha para dar placer a sus habitantes, placer para los sentidos. El placer del tacto dice que está dentro de las burbujas y en el masaje de las pequeñas ondulaciones del mar. El placer del olfato está en el olor de la tierra mojada después de la lluvia. La vista en los atardeceres escarlata. El oído en la música que produce el aletear de las mariposas y el gusto en todo lo que contienen los árboles. Tiene mucha nostalgia de todo.

Por mi parte, solo sé que nunca podré liberar un espacio en mi memoria para archivar la felicidad suprema que sentí junto a Daniel dentro de las burbujas del mar durante aquel verano en Arcacentauris.

En el video que grabamos días atrás con nuestros compañeros de Osa Mayor, nos volvemos a ver todos conversando y repetimos de nuevo el fragmento que se inicia con la voz de Daniel:

—Nunca podrán sentir el placer que se encuentra dentro de una burbuja, y nunca podrán sentir la felicidad que se siente allí dentro. Para nosotros fue la felicidad suprema.

—Eso solo se puede entender cuando has estado allí —dijo Bernarda.

—Ahora sé que existe la perfecta felicidad —dije, interviniendo en la conversación—, y es una felicidad que se puede sentir todos los días durante seis meses cada año.

Marco me mira asintiendo, mientras nuestros amigos, los que no fueron, permanecen en silencio, sin poder entender lo que es esa felicidad.

—Entonces hay que estar en la cuarta dimensión para sentir todo aquello —dijo Igor, entendiendo que la felicidad de la que hablábamos está en otra vibración que la nuestra.

—Y con solo desearlo puedes levitar y con solo desearlo puedes hacer florecer un árbol —le dijo Fermín Gredes.

—¡Eso parece un cuento para niños, Fermín! —le contestó Igor con un tono de ironía en la voz.

—No... No es un cuento para niños —insistió Fermín Gredes—, se debe al electromagnetismo de ese planeta. No sabes lo que es levitar, te sientes libre y ligero como si no tuvieses un cuerpo. El regreso a nuestra tercera dimensión ha sido una dura experiencia. Tuvimos ayuda médica en la base para aceptar de nuevo nuestra realidad.

XIV

Ya es de noche de un martes, como tantos otros martes de tantas otras semanas, cuando llego al dormitorio para acostarme. Sobre la cama veo a Daniel, que se ha quedado dormido con la novela de Loris Burkin *El Mundo de Pitt de Blot* apoyada sobre el pecho. Es una historia sin final que Daniel ha leído tantas veces.

Le quito las gafas que aún lleva puestas, cierro lentamente el zancudero de la cama blanca que nos envuelve bajo el baldaquín y apago la luz.

www.ingramcontent.com/pod-product-compliance
Lightning Source LLC
LaVergne TN
LVHW041201150826
845673LV00001B/243

* 9 7 8 6 1 2 5 1 6 0 6 9 0 *